アズ
魔族の娘。
マルオの眷属。
外れ勇者だった俺が、
世界最強のダンジョン
を造ってしまったんだが？
the outcast hero,
built the world's
most powerful dungeon.
九頭七尾
イラスト ふらすこ

それに触っちゃダメえええええええええええっ！

こんな奴に
隷属させられるなんて…っ!

よし、敵を誘い込むんだ！

こんなの
あたしが
思い描いていた
ダンジョンじゃない…

マジここ天国〜〜〜っ♥
神宮寺詩織
勇者（天舞姫）。
マルオのクラスメイト。

すごく癒されます……♥
住吉美里
勇者（聖女）。
マルオのクラスメイト。

CONTENTS

I, the outcast hero,
built the world's
most powerful dungeon.

◆◆◆

外れ勇者だった俺が、世界最強のダンジョンを造ってしまったんだが？

I, the outcast hero, built the world's most powerful dungeon.

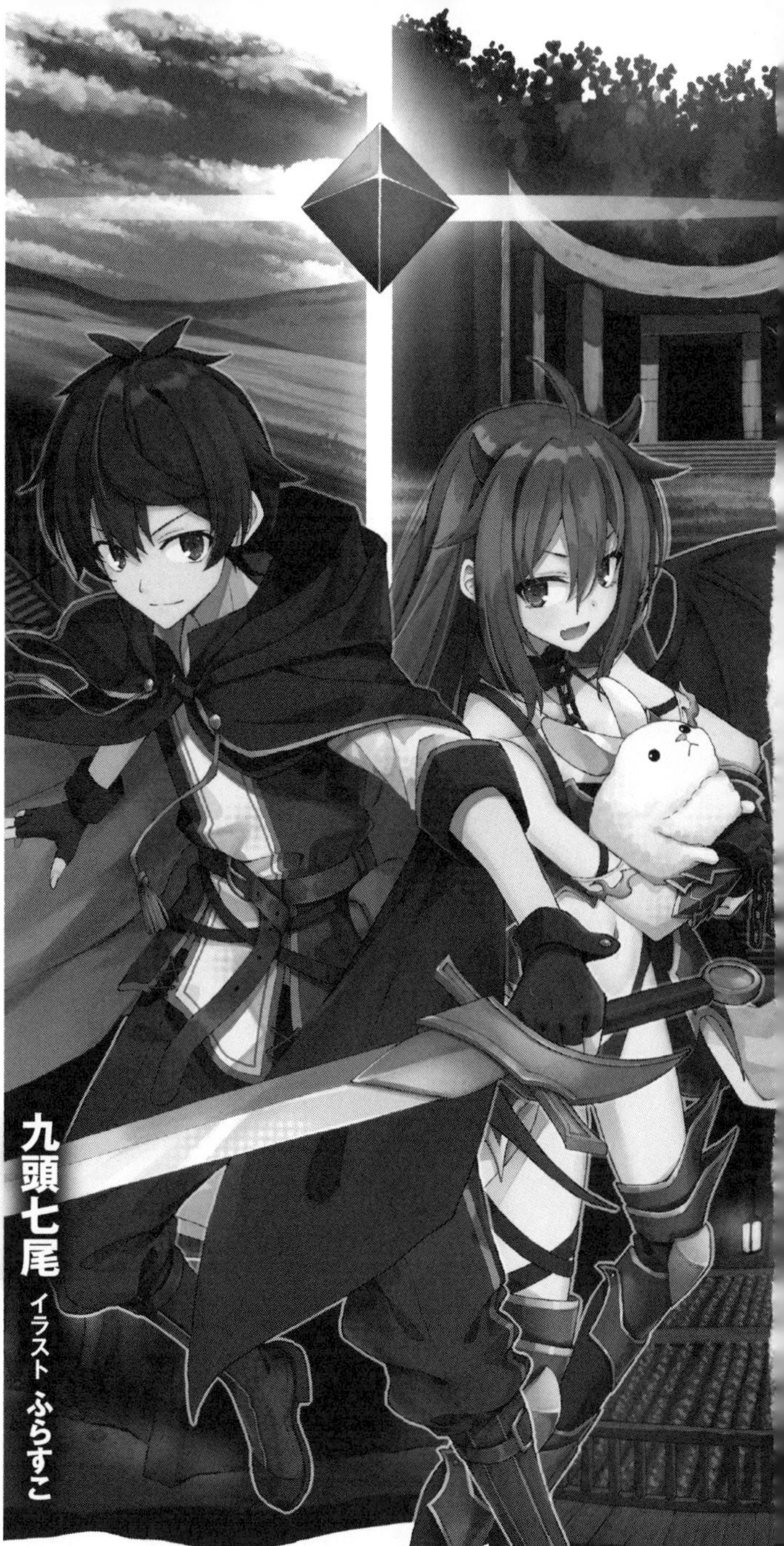

九頭七尾
イラスト ふらすこ

PROLOGUE ⁝ プロローグ

「マルオ様のジョブは【穴掘士】でございました。残念ながら勇者ランクは判定外となります」

憐みの目をしながら告げられる女鑑定士の言葉。

俺《おれ》、穴井丸夫《あないまるお》は、思わず聞き返した。

「え？　判定外？　聞いていた話だと、勇者ランクはドラゴン級、グリフォン級、ユニコーン級の三種類あるとのことだったが……。あ、もしかして、そうした規格には収まらないほどの存在ってこと？」

「いえ、判定外というのは、ユニコーン級にも至らないということ。すなわち、勇者としての活躍はまったく期待できないと判断せざるを得ません」

「マジか」

「ちなみにゴブリン級と揶揄されることもありますね。ぷげら」

「別に今それ言わなくてもよくない？　しかも笑っただろ？」

容赦ない鑑定士に、俺は思わずツッコミを入れた。

——今から遡《さかのぼ》ること、数十分前。

教室で授業を受けていた俺たち、都立立山高校二年B組の生徒三十名および、その担任と副担任の計三十二名は、突如としてバルステ王国という国の王宮に召喚された。

もちろんそんな国、地球上には存在しない。

そこは異世界だった。

困惑する高校生たち（+アルファ）に、異世界人いわく。

俺たちは、危険な魔物の脅威に晒《さら》されているこの世界を救う勇者なのだという。

勇者の多くは強力で希少なジョブを授《さず》かっており、そのため普通の異世界人よりも様々な分野で大きな活躍ができるらしい。

そこで一人ずつ、鑑定士からジョブの鑑定を受けることになったのだ。

俺は至って平々凡々な人間だ。

せっかく異世界とやらに来たのだから、ぜひ有能なジョブをと期待していたのだが、蓋を開けてみれば【穴掘士】などという使えないやつだった。

なお、勇者ランクはそれぞれ。

ドラゴン級　　勇者として間違いなく活躍できる逸材。世界レベルの英雄になれる可能性あり。
グリフォン級　勇者として大いに活躍が期待される人材。国家レベルの英雄になれる可能性あり。
ユニコーン級　成長次第では勇者として十分な活躍が期待できる存在。

という感じで、ランク分けされるらしい。

もっとも、これはあくまで召喚直後の期待値である。

ドラゴン級と評価されても、あまり活躍できない勇者もいるし、逆にユニコーン級でも世界的な英雄になるようなケースもあるという。

うちのクラスからは、ドラゴン級が八人、グリフォン級が十人、そしてユニコーン級が十三人だった。

判定外のゴブリン級、すなわち「外れ勇者」は今回、俺だけである。

「その外れ勇者が、実は大当たりだった、みたいな展開は？　【穴掘士】だけに、大穴的なさ？」

「さて、鑑定は以上となりますが、何か質問などはございますか？」

「スルーされた⁉」

ところで勇者召喚は世界各国で実施されているそうで、この国でも過去に一度、行ったことがあるという。

つまりこの世界には、俺たち以外の勇者もいるらしい。

全員の鑑定が終わった後、その辺りのことを詳しく説明してくれた。

「あの……もしかして私たち、もう二度と、元の世界には戻れないんですか？」

クラスメイトの女子が恐る恐る訊《たず》ねると、

「いえ、元の世界にご帰還いただくことは可能です。ただ、すぐにというのは難しく、こちらの世界でお待ちいただかなくてはなりません。送還の準備が整うまで、だいたい一年ほどはかかると考えております」

どうやら帰れるタイプの勇者召喚のようだ。

しかもそれまでの期間は、ちゃんと国が面倒を見てくれるという。たとえそれが役に立たないゴブリン級であったとしても。

だが俺はそれを断って、一人王宮を出ることにした。せっかくなので異世界を見て回ろうと思ったのである。

「危険の多い世界みたいだけど、勇者は死んでも死なないって話だし」

どうやら俺たち異世界の勇者は、たとえ死んだとしても、召喚された場所で何度でも復活できるらしい。

まるでゲームである。

与えられた強力なジョブのお陰もあるが、それこそが勇者が大いに活躍できる一番の理由なのだろう。

幸い王宮を出たいと伝えると、それなりの軍資金をくれた。これでしばらくは生活に困ることもなさそうである。

勇者送還のときが近づいてくれば、また王宮に戻ってくればいいだけだ。

「とはいえ、怖いからあまり死にたくはないな」

立派な城壁に護られた街から出た俺は、周囲を見渡しながらぶるりと身体を震わせる。

恐ろしい魔物が出没する場所にわざわざ出てきたのは、他でもない。

「穴を掘ってみよう」

俺のジョブは【穴掘士】。

これが実は大当たりだった……なんて可能性はまずないと断言されたが、やっぱり自分の手で確かめてみないとな。

さすがに街の中で勝手に穴を掘っていたら怒られかねないが、城壁の外であれば大丈夫だろう。

軍資金で購入したシャベルを、俺は足元の地面に突き刺した。ザクッ。

「それなりに硬いな……まぁ時間はいくらでもあるし、地道にやっていくか」

ザクッ。ザクッ。ザクッ。ザクッ。ザクッ。ザクッ。ザクッ。ザクッ。


スキル〈穴掘り〉を獲得しました。


「今、何か声が聞こえたような……気のせいか？　あれ？　なんか急にシャベルが刺さりやすくなったぞ……？」

俺はただひたすら穴を掘り続けた。

こういう単純作業は結構、好きな方なのだ。気づけばすでに、自分の身体がすっぽりと収まるほどの大きさの穴になっている。


スキル〈無心作業〉を獲得しました。

シャベルで叩《たた》いて壁を固めたり、溜《た》まってきた土を外に運び出したりしつつ、穴をどんどん深くしていく。

スキル〈土固め〉を獲得しました。
スキル〈土運び〉を獲得しました。

入り口からもう三、四メートルくらいはあるだろうか。ちなみに土を外に運び出しやすいよう、途中からは斜め方向に掘り進めている。

地上から遠くなるにつれて、段々と光が入らなくなってきた。

スキル〈暗視〉を獲得しました。
スキル〈暗所耐性〉を獲得しました。
スキル〈閉所耐性〉を獲得しました。

果たしてどれだけ掘り続けただろうか。振り返ってみても、穴の入り口が見えなくなってきた頃だった。

「ん、何だ？　地中に空間が……？　しかも何かが光っている……？　っ、これは……」

掘り進めた先で、俺は巨大な水晶めいた物体を発見した。

自然にできたとは思えない見事な正八面体で、それ自体が淡く発光し、何か神秘的なものを感じてしまう。

「……綺麗《きれい》だな」

あまりの美しさに、俺は吸い寄せられるように近づいていき、それに触れようと右手を伸ばした。

と、そのとき。

「それに触っちゃダメえええええええええええっ！」

「え？」

どこからともなく聞こえてきた悲鳴じみた声。

しかしそのときにはすでに、俺はその物体に指先を触れてしまっていた。

『知的生命体との接触を確認。ダンジョンマスターとして登録しました』

第一章 ❖ ダンジョンマスター

『知的生命体との接触を確認。ダンジョンマスターとして登録しました』

そんな声が頭に響いた直後、俺《おれ》は腰の辺りに強烈な衝撃を受け、吹き飛ばされてしまった。

「ふげっ⁉　いててて……な、何なんだ……？」

地面にひっくり返った俺が目にしたのは、先ほど俺が触れてしまった水晶めいた物体に縋《すが》りつく少女の姿だ。

「ダンジョンコア！　反応して！　お願い！　あたしこそが、ダンジョンマスターになるはずなのよおおおおおおっ！」

なぜか涙目で叫んでいる。

見た目の年齢は俺とあまり変わらないくらいだろう。

だが見たことのない赤い髪に、そこから伸びた小さな角、それに背中には蝙蝠《こうもり》のような翼が生えていて、明らかに普通の人間ではない。

いや、この世界の人間が、俺たちの世界の人間と同じとは限らないが。

「な、何で……こんなことに……」

そんなことを考えていると、その少女がぎろりと俺を睨《にら》みつけてきた。

親を殺した人間に向けるような、憎悪と殺気の籠《こ》もった目だ。

直後、いきなり俺の胸倉を掴《つか》んでくる。

「っ……く、苦しっ……」

咄嗟《とっさ》にその腕を掴んで引き離そうとするも、ビクともしない。

この細腕のどこにこんな力が……？

「返せっ……」

「っ？」

「返しなさいよっ！」

「いや、何のことか、さっぱり……」

「返さないとぶち殺してやるぎゃあああああああっ⁉」

憤怒の表情で牙《きば》を剝《む》く少女だったが、なぜか突然、絶叫を上げた。

ようやく胸倉から手が離れる。

「あぎゃあああっ⁉　い、痛い痛い痛い⁉　ひぎゃあああっ！」

少女はしばらく悲鳴と共に地面をのた打ち回っていたが、やがて静かになった。

「ええと……大丈夫か？」

「う、うぅぅ……」

泣いている。

どうやら死んではいないみたいだ。

「……こいつを攻撃しようとしたら、罰が執行された……完全に、隷属化されちゃってる……最悪……何でこんなことに……ぐすっ」

涙声で呻《うめ》く少女。

うーん、この様子から推測するに、先ほど俺が触れたこの謎《なぞ》の水晶体、本来ならこの子のものだったのに、横取りしてしまったということだろうか。

「返すことってできないのかな？」

『一度登録されたダンジョンマスターを解除することはできません』

「わっ、なんか返事が返ってきた」

どこからともなく聞こえてきた声に驚く。もしかしたらやり取りができるのかもしれない。

俺は色々と聞いてみることにした。

「君は一体何者？」

『ダンジョンマスターをサポートするためのシステムです』

「ダンジョンマスターというのは？」

『その名の通り、ダンジョンの管理者のことです』

「じゃあ、この子は？」

『ダンジョンの創造主である迷宮神によって、当ダンジョンのマスターとなるべく用意された存在でした。ですが、現在はダンジョンマスターをサポートする眷属《けんぞく》です』

「眷属……？」

と、そこで少女が地面から勢いよく起き上がった。

「そうよ！　あたしこそ、このダンジョンコアと接触して、ダンジョンマスターになるはずだったの！　それを、いきなり現れたあんたが奪っていったのよ！」

どうやら彼女にも同じシステムの声が聞こえているらしい。

「そう言われても……そんなに大事なものなら、こんな場所に置いておかないでもらいたいんだが」

「ダンジョンコアを置いたのは迷宮神よ！　誰《だれ》も立ち入れないようなところにあるって言ってたのにっ、こんなの大ウソつきじゃない……っ！」

『なお、この場所は地下百メートルほどの地点にあります』

「「え……？」」

地下百メートル？

確かに緩やかな坂になるように掘ってはいたけれど、そんなに深いところまで来ていたなんて。

「……何であんた、こんなとこにいるのよ？」

「ずっと穴を掘ってて、気づいたら」

「何のために？」

「穴を掘りたかったから？」

「意味が分からないんだけど！」

少女はその場に泣き崩れた。さっきから泣いてばかりだな。

「もう嫌っ！　ダンジョンマスターになれなかったばかりか、こんな変なやつに隷属させられるなんて……っ！」

「変なやつって……一応、穴井丸夫《あないまるお》っていう名前があるんだが」

「アナイマルオ？　名前も変じゃないのよ！」

「ほっとけ」

一方、この魔族の少女は名をアズリエーネというらしい。

長いのでアズと呼ぶことにした。

「それで、アズは一体何者なんだ？　人間っぽくないけど」

「……あたしは魔族よ」

どうやらこの世界には、魔族という種族がいるらしい。

ただし基本は魔界と呼ばれる場所に棲息《せいそく》していて、あまり人間と交わることがないという。

「迷宮神というのは、あたしたち魔族が崇《あが》めている神の一柱で、世界中のダンジョンを管理してるの。この迷宮神に認められて、ダンジョンマスターに選ばれるのは、魔族にとっては大きな栄誉なのよ。それなのに……それなのにっ！」

赤い髪を逆立たせながら、ふるふると身体を震わせるアズ。

まだ怒りが収まらないようだ。

さらに詳しく聞いてみると、どうやらダンジョンマスターになれるのは、死んでしまった魔族だけらしい。

命を落とし、迷宮神に選ばれた魔族が、ダンジョンマスターとして第二の人生を送ることを許されるのだという。

「つまりアズは一度死んだってことか」

「そうよ、残念ながら憎き天族どもとの戦いに敗れてね。だけどその戦いであたしは大きな戦功を上げたわ。きっとその成果を迷宮神に評価されたのよ」

そして死後、実際にその迷宮神とやらに会ったらしい。

「……迷宮神はこう言っていたわ」


『一つだけ、気を付けてほしいことがあるんだ。もし君がダンジョンコアに触れる前に、他の誰かに触れられちゃったら、マスターの権限はその誰かのものになっちゃうんだよね。その場合、君は強制的に眷属になって、マスターをサポートし続けるしかない。ちなみにマスターを攻撃しようとしたら、手痛い罰を受けることになるから注意してね。まぁ、ダンジョンコアは誰も近づかないような場所にあるから、こんなこと万に一つもないだろうけどね！』


「その万に一つが起こっちゃったってことか」

「誰かさんのせいでねっ！　あぎゃあああああっ⁉」

また俺を攻撃しようとしたのだろう、突然アズが絶叫した。

「うぅ……こいつを殺すこともできないなんて……」

罰があって助かったな。

殺されてもまた生き返るとはいえ、なるべく死にたくはない。

「ひとまずアズのことは理解できた。次はそのダンジョンとやらだな」

「……それはあたしより、システムに訊いた方が早いと思うわ。あたしはあんまり説明とか得意じゃないから」

「頭悪そうだもんな」

「ぶっ殺すわよ⁉　あぎゃっ⁉」

やはりちょっと頭の弱い子のようだ。

俺はシステムに教えてもらうことにした。

『はい。何なりとお聞きください』

「ちなみに、ずっと声だけでのやり取りなのか？」

『メッセージウィンドウの表示が可能です。表示しますか？』

頷《うなず》くと、目の前にゲームのようなウィンドウが出現した。

そこに今のシステムのメッセージが表示されている。どうやら音声と文字の両方で確認することができるらしい。

『左上のメニューをご確認ください』

視界の左上に新たなウィンドウが表示された。

ステータス
マップ
迷宮構築

全部で三つの項目があった。

意識することで各項目を選択できるらしく、まずは「ステータス」から確認してみる。

レベル：1
ダンジョンポイント：50

「ダンジョンにレベルがあるのか」

『ダンジョンを育てていくことで、レベルアップすることが可能です。また、レベルが上がれば、できることが増えていきます』

「このダンジョンポイントというのは？」

『迷宮構築などのアクションに必要となるポイントで、時間経過や侵入生物を倒すことで獲得できます』

今度は「マップ」を確認してみると、視界いっぱいにそれらしき地図が出現する。

地図は360度、好きな方向に回転させることができるようで、中心に四角い部屋と白い矢印があった。

俺が身体の向きを変えると矢印が動くので、これが俺の位置を示しているらしい。よく見るとダンジョンコアを表す◇のマークもある。

「ん？　この斜めに長く伸びている部分もダンジョン？」

『はい』

どういうわけか、俺が地上から掘り進めてきた箇所も、ダンジョンの一部として認識されているようだった。

「もしかして、自分で掘ればダンジョンを広げられるってことか？」

『……』

「あれ？　返事がない？」

『…………エラー。先ほどの問いには答えられません』

「答えられない？　……そうか。ダンジョンマスターが自分で掘ってダンジョンを広げていくなんてこと、ダンジョン側としてはそもそも想定してないんだな」

続いて俺は「迷宮構築」を確認してみた。

迷宮構築A（5）
迷宮構築B（10）
迷宮構築C（15）

迷宮構築D（20）
迷宮構築E（25）

「何だ、これは？　五種類あるってことか？」

『実際に使用することでその内容が明らかになります』

「なるほど。この（5）っていうのは？」

『必要となるダンジョンポイントです』

保有しているダンジョンポイントが50なので、どれでも作成することができるが、とりあえず迷宮構築Aとやらを試してみることにした。

すると目の前の壁が一瞬で消失し、元は六畳間程度だった部屋が倍の広さに。

拡張（5）
迷宮構築B（10）
迷宮構築C（15）
迷宮構築D（20）
迷宮構築E（25）

「おっ、『拡張』に変わってる。しかしこれで5ポイントが必要なのか……普通に自分で掘っていけばいいんじゃないか？」

「ちょっと、何やってるのよ⁉」

試しにシャベルで壁を掘り進めてみると、背後からアズの怒鳴り声。

「何って、ダンジョンを広げてるんだが？」

「自分で掘って広げるダンジョンマスターなんて、聞いたことないんだけど⁉　だいたいどれだけ時間がかかると思ってるのよ！　はぁ、何でこんなやつに……」

ぶつぶつ言ってるアズを余所《よそ》に、俺は作業を続ける。そして一分もかからずに、部屋が最初の三倍の広さに。先ほど「拡張」を使ったときと同様、六畳分を広げたのだ。

「って、あんた掘るの速すぎない⁉」

「ジョブが【穴掘士】だからな」

「何よその変なジョブ」

改めてマップを見てみると、「拡張」を使った部分はもちろん、自分で掘った部分もちゃんとダンジョンとして認識されていた。

「さすがにポイントを使うよりは時間がかかるが、これなら節約になりそうだな」

「こんなやり方でダンジョンを拡張できるなんて……」

さらに迷宮構築Bと迷宮構築Cを使ってみた。

「迷宮構築Bは『光源』か。これでダンジョン内を明るくすることができるんだな。そして迷宮構築Cは……『トイレ』？」

「要らないでしょ、そんなの⁉」

「いや、どう考えても必要だろ。あちこちで排泄《はいせつ》されたら困るぞ？」

ついでに俺もちょうどトイレに行きたいと思っていたところだったのだ。

実際に作成してみると、部屋のど真ん中に便器とドアだけがぽつんと出現してしまった。

これでは丸見えである。

仕方ないので一畳程度の広さの小部屋を新たに掘って、そこに移動させる。

一度設置したものは、任意の場所にいつでも動かすことができるらしい。

狭いスペースに移動させると、周囲の土壁がトイレらしい壁紙に変化し、そこに紙巻き器とレバーが出現した。どうやら設置するのに適切な広さというものがあるようだ。

レバーを捻《ひね》るとちゃんと水が流れる。排泄物はどこに消えていくのだろう……。

「トイレットペーパーも付いてるな。なくなったらどうするんだろう？」

『なくなりません』

なくならないらしい。さすがファンタジー世界だ。

まだポイントがあるので、迷宮構築Dも作ってみる。

「迷宮構築Dは『風呂《ふろ》』か。何気にこれは一番ありがたいかも」

穴を掘り続けていると、当然ながら汗を掻《か》くし、かなり土埃《つちぼこり》も浴びてしまう。

だから寝る前には必ずお風呂に入りたかったのだ。

ちょうどいい広さの部屋を掘ってから作成してみると、浴槽と排水口付きの床、それに鏡とシャワー付きの蛇口が出現した。

浴槽がかなり大きくて、なかなか立派なお風呂である。

もちろんお湯も出る。

「何でそんなのばかりなのよ⁉　もっとまともなのは作れないの⁉」

またアズが嘆いている。まぁこの洞窟型のダンジョンに、不釣り合いな代物であることは確かだ。

「段々とダンジョン内での生活環境が整ってきたな」

トイレや風呂を作ったことでポイントがなくなり、回復するのを待つしかなくなった。

だが一時間以上かけて、ようやく10ポイント回復するといった程度。

なかなか時間がかかってしまうようだ。

「もっと早くポイントを回復させる方法はないのか？」

『あります。ポイントの回復速度は、ダンジョンの規模に比例します。つまり、ダンジョンを拡大すればするほど、回復が早くなります』

それは良いことを聞いたぞ。

俺は自力で掘っていけば、ポイント無しでダンジョンを拡張できるのだから、とにかくどんどん広げていけばいい。

「アズも手伝ってくれていいんだぞ？」

「そんな地味な作業、絶対やらないわよ！」

じゃあ眷属として一体何をやってくれるのだろうと思いつつ、俺はひたすらシャベルを動かし続けた。


スキル〈穴掘り〉が進化し、スキル〈洞窟掘り〉になりました。

スキル〈土運び〉が進化し、スキル〈土消し〉になりました。

スキル〈土固め〉が進化し、スキル〈土硬化〉になりました。

スキル〈方向感覚〉を獲得しました。


【穴掘士】というジョブのお陰か、穴を掘っているとそれに没頭してしまう。

途中からなぜか穴を掘るペースが加速したり、掘った土が勝手に消えてしまうようになったりしたので、非常に作業が捗《はかど》った。

「おおっ、確かにポイントが回復しやすくなっている気がする」

時折、ポイントを確認してみると、当初よりも回復ペースが上がっていた。

そうして貯まったポイントで、迷宮構築の最後の一つを使ってみる。

「迷宮構築Eは『台所』か」

作成してみると、立派なキッチンが出現した。

「ガスコンロは三口あるし、シンクや調理スペースが広いな」

「こんなの、あたしの知ってるダンジョンじゃない……。あたしは人間どもが恐れ戦《おのの》くような、最強最悪のダンジョンを作り上げたかったのよ……っ！」

「そんなこと言われても。まぁこうなったからには、諦《あきら》めてのんびりいこうぜ」

項垂《うなだ》れているアズの肩を、ぽんと叩《たた》いてやる。

「諦められないわよ！　だってどんなダンジョンを作り上げるかで、あたしの来世が変わってくるんだから！」

どうやらここで迷宮神を満足させるようなダンジョンを作り上げれば、来世ガチャで優遇してもらえるらしい。

「あたしはダンジョンマスターになれなかったけど、あんたを使って絶対に最強のダンジョンを作り上げないといけないのよ！」

「だったら穴掘りを手伝ってくれよ」

「それは嫌！」

アズはそんな感じだが、順調にダンジョン内の生活環境が整ってきたときである。


『おめでとうございます！　レベルアップしました！』


「うおっ、何だ？」

いきなりシステムがテンション高く叫んできたので、俺はびっくりしてしまった。

『新たな機能が追加されました』

どうやらレベルが2に上がったみたいだ。

それに伴い、新しい機能が追加されたようなので確認してみよう。

ステータス
マップ
迷宮構築
魔物生成

「魔物を作れるようになったぞ」

横からアズが口を挟んできた。

「やっぱりダンジョンと言ったら魔物よね！　強力な魔物をたくさん作り出して、人間どもが戦慄《せんりつ》するようなダンジョンにしてやるわよ！」

随分とやる気だ。さっきまで半泣きだったのに。

魔物A（5）
魔物B（10）
魔物C（15）
魔物D（20）
魔物E（30）

「やっぱりどんな魔物を作れるかは、作ってみるまで分からないんだな。とりあえずAからやってみるか」

「どんなのが出るのかしら！　グリフォン？　ワイバーン？　それともドラゴンかしら！」

「5ポイントの魔物だからな。そんなに強くはないんじゃないか？」

そんなことを言いながら、俺は魔物を作り出した。

一体どこから現れるのだろうと思っていると、ダンジョンの壁が瘤《こぶ》のように盛り上がって、コロンと落ちてくる。

「いや生まれかた……」

思わずツッコみつつ、誕生した魔物を見る。

そこにいたのは、直径三十センチくらいのモフモフの白い毛玉だった。

表情が抜け落ちた顔になって、アズが言う。

「……何よ、こいつ？」

「さあ？」

身体が僅かに上下しているので、生きているのは間違いない。

よくよく見てみると、毛の中に目や鼻らしきものが確認できた。

『アンゴラージというウサギの魔物です』

と、システムが教えてくれるが、完全にアンゴラウサギである。

「これが魔物……？　いや、見かけによらず、意外と強いのかも……？」

『能力は特にありません。攻撃手段は突進です』

「突進しても、このモフモフの身体じゃダメージなんて与えられない気がするんだが」

アズが咆《ほ》えた。

「くっっっっっっっっっっそ雑魚そうな魔物なんだけどおおおおおおおおっ⁉」

その声に、アンゴラージがビクッとしてしまう。

「おいおい、可哀想《かわいそう》だろ。ほら、怖くないから」

目をウルウルさせているアンゴラージを手招きすると、恐る恐る近づいてきた。

そのまま抱きかかえてやる。

「おお～、すごいモフモフだな」

「ぷぅぷぅ」

「？　もしかして鳴き声？」

「ぷぅぷぅ」

どうやらアンゴラージは「ぷぅぷぅ」と鳴くらしい。

見た目も鳴き声も可愛《かわい》らしいやつだ。

「こんな可愛い生き物を、何匹でも簡単に作り出すことができるってことか？　最高だな。よし、残りのポイントをすべて使って――」

「ちょっと待てい！　あぎゃっ⁉」

俺の頭をチョップしてきたアズが、また罰を受けて悲鳴を上げる。

「だから攻撃したらダメなんだって」

「それより、そんな弱そうな生き物、量産してどうするのよ⁉　何の役にも立ちそうにないじゃない！」

「いやいや、そんなことはないぞ」

俺は目をウルウルさせているアンゴラージの頭を、優しくなでなでしてやりながら、

「ほら、見てみろ、この可愛さ。すごい癒《いや》し効果だろう？」

「ダンジョンに癒しとか要らないでしょ⁉」

「そんなにかっかしてたら、絶対ストレスが溜《た》まるって。ちょっと抱えてみろよ」

俺はアンゴラージを無理やりアズに渡した。

「た、確かにすごいモフモフしてるわ……って、これじゃ攻撃力も半減するでしょ！」

「ぷぅぷぅ……」

哀《かな》しそうに鳴くアンゴラージ。

「うっ……そんな鳴き声出したって、あたしの評価は変わらないんだからっ……」

「ぷぅぷぅ……」

「……も、もういいでしょっ！」

このままだとその可愛さに陥落してしまうと思ったのか、アズは慌てて俺に返してくる。

よしよし、そのうちデレそうだな。

「にしても、こんな魔物が生まれるなんて……迷宮構築も要らないものばかりだし……どう考えても、こいつにダンジョンマスターの才能なんてない……完全に終わったわ……あたしの来世……」

アズが地面に両手両膝《ひざ》をつき、この世の終わりのような顔で絶望している。

と、そのときだった。

『警告。ダンジョン内に侵入生物です』

「マジか」

マップを確認してみると、入り口付近に、敵対的な存在を示す赤い丸があった。

ちなみにアズやアンゴラージは、黒い丸でその位置が表示されている。

「うーん、もうちょっとダンジョンが育つまで待ってほしかったな」

こちらの戦力は、いま生み出したばかりのアンゴラージただ一匹。

何がダンジョン内に侵入してきたかは分からないが、正直、撃退できるとは思えない。

「そんな配慮してくれるわけないでしょうが」

考えてみたら外の生物が、空気を読んで侵入を遠慮してくれるはずもない。

「入り口を埋めておけばよかった」

「ダンジョンの入り口は、好き勝手に開けたり閉じたりできないはずよ」

「マジか」

いったんダンジョンを〝外〟と繋《つな》いでしまったら、基本的にはそれを閉じることはできないという。また、入り口を何か所も設けることもできないらしい。一部、そうした能力を獲得できるダンジョンもあるそうだが。

ただ、俺の場合は自分で掘った穴だからな。同じ要領で、自分で埋めることもできそうな気はするが……まぁいずれにしても後の祭りだ。

「ぷぅ……」

状況を理解しているのか、不安そうに震えているアンゴラージを、アズが怒鳴りつけた。

「あんた、なに怯《おび》えてんのよ！　こういうときに戦うために生み出されたんでしょうが！」

「ぷ、ぷぅっ……」

「敵を排除してきなさい！　ほら、とっとと行け！」

「ぷぅ～～～～っ⁉」

アズに脅されて、アンゴラージは慌ててダンジョン入り口の方へと駆けていく。

「可哀想だろ」

「あんたは甘すぎるのよ！　あいつだって魔物なんだし、敵の一匹や二匹、倒してこいっての！」

「あ、逃げ帰ってきた」

「早すぎでしょ⁉」

アンゴラージが猛スピードでこっちに戻ってくる。

その後を追いかけてきたのは、人間の子供と大差ないサイズの人型の魔物だ。

「グギャギャギャギャ！」

緑色の肌と醜悪な顔つき、そして耳障りな叫び声は、ファンタジーでは有名な魔物である。

「ゴブリンか」

「はぁ、ゴブリン程度に逃げ出すなんて……」

溜息《ためいき》を吐《つ》くアズだが、これはなかなかピンチかもしれない。

俺は勇者とはいえ、ジョブが【穴掘士】で、戦闘力など皆無のはずだ。なにせゴブリン級だしな。

アンゴラージもまったく戦力にはなりそうにない。

もちろん女の子のアズに、戦ってもらうわけにも——

「燃え尽きなさい」

ゴウッ！　とアズの手から放たれた炎の塊がゴブリンに直撃。

「ギャアアアアッ⁉」

全身が炎に包まれたゴブリンは絶叫し、そのまま黒焦《くろこ》げになってしまった。

「いや、戦えるんかい！」

「ふん、ゴブリンごとき、あたしの相手になるわけないでしょうが」

「そうじゃなくて。だったら最初からそう言ってくれよってこと」

「なに言ってんのよ？　ダンジョンマスターとして、配下の魔物に戦わせるのは当然でしょ」

「お前はダンジョンマスターじゃないだろ」

「うっ……」

相手がゴブリンとはいえ、こうも容易《たやす》く瞬殺してしまうなんて、もしかしてアズは前世でそれなりに強い魔族だったのかもしれない。

「待てよ。つまり、アズにどんどん魔物を倒してもらえばいいってことか」

「なっ⁉　何でそうなるのよ⁉」

「だって今、ダンジョンマスターとして、配下の魔物に戦わせるのは当然だって言っただろ？　アズは俺の配下だよな？」

「そ、それはっ……」

俺はシステムに質問する。

「侵入生物って、どれくらいの頻度で現れるものなんだ？　正直、ダンジョンと言ってもただの洞窟と一緒だし、中に入ろうなんてあまり思わない気がするんだが」

『一般的にダンジョンの持つ魔力は、魔物が好むものです。そのため、ただの洞窟よりも魔物が侵入しやすくなっています』

「そうなのか。とはいえ、可能なら中に誘《おび》き寄せた方がいいよなぁ」

まぁその辺はおいおい考えるとして。

「ゴブリンを倒したから、５ポイントゲットしたな。これでちょうど50ポイントまで貯まったし……よし」

「「「「「ぷぅぷぅぷぅぷぅぷぅぷぅぷぅぷぅぷぅぷぅぷぅぷぅぷぅぷぅ」」」」」

「何でこいつばっかり増やしてるのよおおおおおおおおおっ⁉」

ダンジョン内をモフモフと動き回る無数のアンゴラージたちに、アズが絶叫する。

「ゴブリン相手にすら逃げ出す雑魚だって分かったばかりでしょ⁉」

「可愛くて、つい。どのみちレベルを上げるには、ポイントを使わないとダメだしな」

「せめてもっと強いのを作りなさいよ！」

「まぁでも、戦力はアズがいれば十分だろ？　それよりこれ、すごく気持ちいいぞ。お前もやってみろよ」

アンゴラージたちの毛の中に身体を埋め、俺はアズを手招きする。

「や、やらないわよ！」

そう言って顔を背《そむ》けながらも、アズはチラチラと目だけでこちらを見ていた。

本当は彼女もこのモフモフの海に浸りたいのだろう。

「素直じゃないなぁ」

俺が見ていると恥ずかしいのかもしれない。少し一人にさせてみようかな。

「お腹《なか》が空《す》いてきたし、街で何か買ってくるよ」

そう言ってダンジョンを出ようとすると、アズが不思議そうな顔で聞いてきた。

「ちょっと待ちなさい。あんた、ダンジョンから出ることができるの？」

「え？　そりゃ、出れるんじゃないのか？」

「ダンジョンマスターは普通、ダンジョンの外には出られないはずなのよ！」

「そうなのか？」

システムに確認してみると、

『はい。本来、ダンジョンマスターとして迷宮神が用意した魔族であれば、ダンジョンを離れることはできません。ただし、今回のようなイレギュラーによってダンジョンマスターとなられた場合、出入りが自由になります』

「それはありがたいな。ずっとこんな土の中にいるなんて、気が滅入《めい》りそうだし」

と頷いたものの、すでに長時間いるにもかかわらず、今のところ平気である。

ジョブが【穴掘士】だからだろうか？

『なお、作成した魔物――従魔も外に出ることが可能です』

「えっ、そうなのか？」

どうやら俺だけでなく、アンゴラージたちも自由に出入りができるらしい。

「じゃあ、あたしは？」

『今のところ眷属は外に出られません』

「何であたしだけ⁉」

アズが泣き崩れる。

ちなみに外に出ることができない代わりに、食事や排泄も必要ないらしい。

「それはそれで便利だな」

「ダンジョンマスターとして生み出された際に、特別な身体になったのよ」

立ち上がったアズが、自慢げに胸を張った。

「結局ダンジョンマスターにはなれなかったけどな」

「あんたのせいでね⁉」

今度は激昂《げっこう》するアズ。さっきから泣いたり怒ったり忙しいやつである。

それから俺は外に出る際、試しにアンゴラージを一匹連れていってみた。

本当に外に出られるのか確かめたかったからなのだが、システムの言う通り、すんなりと出入り口を通り抜けることができたのだった。

「ということは、戦うことはできなくても、外の魔物をダンジョンまで誘き寄せることならできるってことだな」

「ぷぅ？」

『警告。ダンジョン内に侵入生物です』

よし、来たな。システムの知らせに、俺は心の中で頷く。

「ぷぅ！」

しばらくすると、一匹のアンゴラージがこっちに走ってきた。

「グギャギャギャギャ！」

その後を追いかけてくるのは、またしても一体のゴブリンである。

ゴブリンはそのままこちらに襲いかかってきたが、

「アズ」

「燃え尽きなさい」

「ギャギャアアアアアッ!?」

アズが放った炎がゴブリンを焼き殺す。


【穴掘士】がレベル2になりました。

スキル〈穴戦士〉を獲得しました。


「ん？　今また何か声が聞こえたような？　システムかな？」

『**いいえ、違います**』

「じゃあ何だろう？　……まぁいいか。それより、上手《うま》くいったな」

「ぷぅ！」

俺が思いついたアイデアというのはこうだ。

外に出ることが可能なアンゴラージたちが、ダンジョンの周辺を探索。

そこで敵の魔物を発見すると、挑発し、ダンジョン内へと誘い込む。

そしてここまで誘導し、アズが魔法で攻撃して撃破する。

「アンゴラージは何体もいるんだし、このやり方ならポイントを稼ぐのも難しくないはずだ」

「あたしの負担が重くないかしら⁉」

「ダンジョンマスターとして、配下に戦わせるのは当然なんだろ？」

「うぅ……」

そんなやり取りをしていると、再びシステムによる警告。

別のアンゴラージが戻ってきて、その背後に今度はオークだ。身長180センチくらいあり、身体もがっしりしている。

ゴブリンよりも明らかに強敵だ。

「アズ、オークでも問題ないか？」

「余裕よ！　むしろ大きい分、狙《ねら》いやすいわ」

アズが宣言通り、攻撃魔法をオークに直撃させる。

「ブヒイイイイッ⁉」

焼き豚になったオークが倒れ込んだ。

こうしてアンゴラージたちとアズの活躍によりポイントが貯まってきたので、俺は新たに魔物Bを作成してみることに。

10ポイントが必要なので、きっとアンゴラージよりもいくらか強い魔物だろう。

外壁にお尻《しり》の方から生えてきて、現れたのは――

「わうわうわう！」

可愛らしいモフモフの犬だった。

『ポメラハウンドです』

「完全にちょっと大きいポメラニアンだな」

ポメラハウンドは甘えるように俺の腰に飛びついてくる。

「わうわうわう！」

「お～、よしよしよし」

「わう～ん！」

モフモフの顔をわしゃわしゃしてやると、尻尾《しっぽ》を振りまくって喜ぶポメラハウンド。

「何でこんな魔物ばかりなのよっ⁉」

「まぁいいじゃないか。可愛いんだから」

「全然よくない！」

「わう？」

ポメラハウンドは首を小さく傾《かし》げ、「なんで怒ってるの、このお姉ちゃん？」という顔をしている。

怖がりなアンゴラージと違って、アズに怯えたりはしないようだ。

俺はそんなポメラハウンドをアズにけしかけてみる。

「あのお姉ちゃんが遊んでくれるって」

「わう～～～ん！」

ポメラハウンドは嬉《うれ》しそうにアズに突進していった。

やはり犬だけあって人懐っこいようだ。

「わうわう！」

「ちょっ、あたしはあんたなんか認めないんだからっ⁉」

「わうわうわうーん！」

「そ、そんなに甘えてきたって無駄よ……っ！」

モフモフ犬の魅力に早くも敗北を喫しそうなアズを余所に、俺はポイントを気にせず使ってポメラハウンドを量産していく。

ダンジョンのレベルを上げるには、ポイントを消費する必要があるからな。

「「「「わうわうわうわうわうわうっ！」」」」

二十匹くらい作ると、見渡す限り犬だらけになってしまった。

「お座り！」

「「「「わう！」」」」

「お手！」

「「「「わう！」」」」

「ちんちん！」

「「「「「わう！」」」」」

おお、すごい。

何も教えていないのに、一発で俺の言うことを聞いたぞ。

『従魔はある程度、ダンジョンマスターの意のままに動かすことが可能です』

「アンゴラージたちはこんな芸まではできなかったけど？」

『魔物の知能に準じます』

「なるほど。犬だけあって少し賢いってことか」

ところでウサギと犬、ちゃんと仲良くできるのだろうか？

特にアンゴラージの方が、ポメラハウンドに怯えてしまうかもしれない。ウサギって繊細だからな。

……という懸念は、杞憂《きゆう》だった。

「「「「「ぷぅぷぅぷぅ」」」」」

「「「「「わんわんわん」」」」」

お互いじゃれ合ったり、ダンジョン内を駆けっこしたりと、種族の垣根など関係なく遊んでくれている。見ていて癒される光景だ。

「こ、これがダンジョン……違うわ……こんなの、あたしが思い描いていたダンジョンじゃない……」

一方、アズは相変わらず可愛い魔物たちと距離を取っている。

「素直になって、一緒に遊んでもらったらいいのに」

「結構よ！」

強情な眷属だ。

「じゃあ、お前たちもアンゴラージたちと協力して、ここまで外の魔物をどんどん誘き寄せてくれ」

「「「「「わん！」」」」」

俺が命じると、ポメラハウンドたちが威勢よく駆け出す。

その可愛らしいお尻と尻尾を見送ってから、

「そうだ。ちょっと試したいことがあったんだ」

出入り口とは反対側の壁を、斜め上方向にずんずん掘っていく。やがてそのルートは地上に到達した。

「……普通に外に繋がったな」

アズによると、入り口を複数作り出すことはできないらしいが、そんなことはなかったようである。

ちなみにシステムに聞いてみても同じ答えが返ってきたので、アズが間違っているわけではないだろう。実際「拡張」の機能を使って地上に出ようとすると、

『そちらに使用することはできません』

と言われてしまって、出口を増やすことはできなかった。

「入り口は一つしか作れないいんだよな？」

『はい。現状ではその通りです』

「だが見ての通り、入り口を二つに増やせたんだが？」

『……エラー。その質問には答えられません』

どうやらダンジョン的にはイレギュラーな状況らしい。こういう想定外のケースのとき、システ

ムから回答を得ることはできないのだ。

そこまで融通が利《き》かないっぽいな。

「増やせるってことは、減らすこともできるはずだ」

試しにこの地上に繋がった穴を塞《ふさ》いでみる。

「……うん、普通に閉鎖できたぞ」


スキル〈穴塞ぎ〉を獲得しました。


俺はこのイレギュラーを利用することで、ダンジョンへの出入り口を全部で四つに増やしてみた。

こうすることで、より外の魔物を引っ張ってきやすくなるはずだ。

「あたしが大忙しなんだけど⁉」

「この場はアズに任せればよさそうだし、その間、俺はもっとダンジョンを広げていこう」

涙目になるアズを余所に、俺は拡張作業に勤《いそ》しむことに。


【穴掘士】がレベル9になりました。

その途中、何度か身体が軽くなったような気がしたが、システムに訊いてみてもよく分からなかった。これもダンジョンとは無関係の事象なのかもしれない。

「ふぅ、ひとまずこんなところかな」

作業に熱中していた俺は、ひと段落ついたところで息を吐く。

とりあえず最初に思い描いていた形に、ダンジョンを作り上げることができたのだ。

構造は至ってシンプル。体育館ほどもある大きな空間を三つ並べて、それを一本の通路で繋いだだけ。そして電気の直列回路のように、ぐるりと一周できるようにもしてある。一つ一つの空間には仕切りなどない、完全なぶち抜きスタイルだ。

さらに、これとまったく同じものを層状に並べることで、全部で三つの階層にしてある。

それぞれの階層は階段での行き来が可能。段差をつけながら掘ることで、階段は簡単に作ることができた。

トイレなどのある生活スペースは、最上層の真ん中の部屋と繋げる形で、別に十畳ほどの空間を作ってそこに置いた。

「って、ダンジョンなのに分かりやすくしてどうすんのよ⁉　普通、侵入者が迷うようにするもんでしょうが！」

「まぁまぁ、これはあくまで暫定だから。ここからもっと広げていくし。てか、また罰を喰《く》らう羽目になるぞ？」

「っ……」

激怒しているアズを落ち着かせつつ、俺は作業中に貯まったポイントを使って魔物Cを作成してみた。

15ポイントを消費して生まれてきたのは、エナガルーダという鳥の魔物だった。

「小さっ⁉　これのどこがガルーダよ⁉」

体長はせいぜい五十センチほどの、モフモフした丸い鳥である。

「いや、鳥にしたらむしろ大きい方だろ」

「小さいわよ！　ガルーダは全長二十メートルくらいある巨大な鳥なのよ⁉」

「ガルーダじゃなくて、エナガルーダだって」

ちなみにガルーダは伝説の怪鳥らしい。

壁から生えてきたエナガルーダは、翼を広げて軽く飛翔《ひしょう》すると、俺の肩に止まった。

「くるるる」

「ポメラハウンドに負けじと賢そうだな。よし、試しにこのダンジョン内を一周してきてくれるか？」

「くるるる」

俺の命令をすぐに理解したようで、エナガルーダが肩から飛び立つと、あっという間に姿が見えなくなってしまった。

マップで追跡してみれば、エナガルーダは一切《いっさい》迷う様子もない。

やがてこの階層をぐるりと回って、飛んでいった方とは逆側から戻ってきた。

「くるるる」

「よしよし、やっぱり賢いな」

再び俺の肩に止まったエナガルーダの身体を撫《な》でてやる。すると嬉しそうに、ぶるぶるっとモフモフの毛を震わせた。

「しかも可愛い。最高だな。よし、仲間をたくさん増やしてやろう」

「くるる〜」

そうやってダンジョンを大きくしながら、ポイントを消費していると、

『おめでとうございます！　レベルアップしました！　新たな機能が追加されました』


どうやらレベルが3に上がったみたいだ。

新しい機能が追加されたようなので、確認してみよう。

ステータス
マップ
迷宮構築
魔物生成
トラップ生成

「トラップが作れるようになったぞ」

「やっぱりダンジョンって言ったら、侵入者をぶち殺す凶悪なトラップよね！」

アズが鼻息を荒くしながら物騒なことを言う。

今までの傾向から考えて、果たしてそう上手くいくだろうか？

トラップA（10）
トラップB（15）
トラップC（20）
トラップD（30）
トラップE（40）

「やっぱりこれも作ってみないと分からないパターンか。とりあえずAを作ってみよう」

すると硬かった地面に、六畳分ほどのふかふかの敷物が出現した。

これ、カーペットじゃないか……？

「……間違いない。『カーペット』に置き換わってる」

「何よ、それ？」

「カーペットを知らないのか？」

「あっ、分かったわ！　踏むと電気が流れる床でしょ！」

「全然違うぞ。ほら」

試しに寝転がってみると、見た目通り本当にふかふかで、心地よく眠れてしまいそうだ。

「これのどこがトラップよ⁉」

「ああ、このまま寝てしまいそう……」

「はっ、もしかして侵入者が眠ったところを襲うってトラップ……？　って、そんなわけあるか！」

「すぴ～」

「こら、起きなさい！」

一人でノリツッコミしているアズに、無理やり叩き起こされた。

「ふぎゃあああああっ⁉」

そして罰を受けるアズ。そろそろ学習すればいいのに……。

続いて15ポイントのトラップBも作ってみる。

「これは……もしかして『足つぼ』？」

「いいじゃない！　とげとげの床ね！」

「そんな大層なものじゃないぞ。……あ～、これは効くわ～」

「普通に歩いてる⁉」

「アズも歩いてみろよ」

「っ、痛いんだけど⁉」

「……どこか悪いんじゃないか？」

人によってはトラップになるようだ。

「これならトラップとして使えるかも！」

「靴を履《は》いているだけで簡単に防げるけどな」

「前言撤回！　やっぱり使えない！」

アズは頭を抱えた。

「……ダメだわ……もうこいつに期待しても仕方ないわ……」

どうやらついに諦めてくれたようである。

その後も俺はダンジョンの拡大を進めた。ただ、これまでは同じ場所でずっと作業を進めていたが、今度は一本道で構わないのでとにかく遠くまで掘り進めていくことにした。


スキル〈遠隔掘り〉を獲得しました。

スキル〈体力馬鹿《ばか》〉を獲得しました。

スキル〈無手掘り〉を獲得しました。


土を掘り続けていると、なぜか途中からシャベルを土に触れさせなくても穴が掘れるようになり、さらに疲労をほとんど感じなくなり、そしてついにはシャベルを使わなくても掘ることができるようになってしまった。

「すごいな。空中を手で掻くだけで、どんどん掘れてしまう」


スキル〈無心作業〉が進化し、スキル〈一心不乱〉になりました。

スキル〈地上感覚〉を獲得しました。


「ん？　何だろう？　この上、何となく森の中のような気がするな」

さらに地上の様子がなぜか感覚的に分かるようになった。

いったん地上まで掘って外に出てみれば、確かにそこは森の中だった。

「この上には建物がたくさんあるな。もしかして街か？」

地上に出ると、今度は予想通り街があった。

どうやら本当にそういう能力が身についてしまったようである。

「ダンジョンもかなり長くなってしまったな。元の場所に戻るだけで一苦労だ」


スキル〈高速穴移動〉を獲得しました。


幸いなぜかダンジョンの中を信じられない速さで走ることができるようになったので、端から端まで移動するのにそれほどの時間はかからない。

もちろん俺がダンジョンを広げている間、相変わらずアズとモフモフたちには、魔物の討伐を続けてもらっている。

モフモフの数が増えたこともあり、ダンジョンポイントがガンガン入ってきていた。


【穴掘士】がレベル13になりました。

スキル〈穴掘り隊長〉を獲得しました。


「今、また身体が軽くなったような……？」


貯まったポイントを使い、俺はステータス上の未確認項目を減らしていった。

魔物Dはスモークトレントという、高さ一・五メートルほどの樹木の魔物だ。タンポポの綿毛のようなもので覆《おお》われていて、これも大変モフモフである。

「わさわさわさ」

鳴いたりはしないが、よく枝を揺すってそんな音を出している。

魔物Eはチンチライオンという、モフモフで丸々とした可愛らしいライオンだった。大きさはちょっと大きめの猫といったところ。

「にゃ～」

鳴き声は完全に猫である。

さらにトラップCは「トランポリン」で、トラップDは「砂場」だった。

どちらも遊び場として最高で、従魔たちがよく跳んだり砂を掘ったりしている。

「どれもこれもトラップじゃなぁぁぁぁぁぁぁい！」

嘆いているのはアズだけだ。


『おめでとうございます！　レベルアップしました！　新たな機能が追加されました』


そうこうしているうちに、またレベルが上がったようだ。

これでレベル4である。

ステータス
マップ
迷宮構築
魔物生成
トラップ設置
フィールド変更

「フィールド変更？」

追加された新しい機能に、俺は首を傾げた。

フィールドA（100）
フィールドB（150）
フィールドC（200）
フィールドD（250）
フィールドE（300）

「かなり要求ポイントが大きいな」

最低でも100ポイントだ。ただ幸い、まだそれくらいは余っている。

結構なスペースが必要だというシステムのアドバイスに従い、広い空間で試しに使ってみることにした。

すると硬かったダンジョン内の地面が、柔らかい土に変化してしまった。二十五メートルプールほどの広さだろうか。

「なんだ、これは?」

『畑フィールドになりました』

「畑フィールド……?」

人生で聞いたことのない言葉である。

どうやらダンジョンに畑を作ることができる機能らしい。土を触ってみると、適度な湿り気があって、何となく良さそうな土だ。

「こんなところに畑なんてあっても意味ないでしょ⁉」

「いや、食料を自前で調達できるのはありがたいだろ」

アズはともかく、俺は相変わらず食事を取る必要があるのだ。

「けど、作物の種とかはどうやって入手するんだ？」

『自然に生えてきます。ただし、種類を指定することはできません』

勝手に作物が生えてくるらしい。さすがファンタジー世界だな。

ここで収穫ができるようになれば、わざわざ街まで食料を調達しに行かなくてもよくなるかもしれない。

「何であんたのダンジョンは、こんな訳の分からない機能ばかりなのよ……」

「そんなこと言われても、俺が指定しているわけじゃないしなぁ」

だがダンジョンというのは、ダンジョンマスターの性質を反映するという。

そう考えると、頷ける部分もあった。

「俺は平和でのんびりしている方が好きだからな。競争とかも嫌いなんだ」

「あんたには野心ってものがないの⁉」

大声で叫んでから、アズは大きく溜息をついた。

「はぁ……魔物だって弱そうなやつばかりなのに、よく暢気《のんき》にそんなこと言ってられるわね？　この状態で人間たちに見つかったら、よくて占拠、最悪、ダンジョンコアを破壊されてしまうかもしれないのよ？」

「どういうことだ？」

アズが言うには、どうやらダンジョンというものは、人間たちに危険な存在と見なされているらしい。

まぁ魔物を作り出しているのだから、当然と言えば当然だろう。

「ダンジョンの目的は、別に人間を滅ぼすためじゃないのに。むしろ試練を与えたり、貴重な資源を入手させたり、人間たちに貢献しているくらいなのよ」

不満げに鼻息を荒くするアズ。

「特に勇者には気を付けないといけないわ。奴《やつ》らは並の人間たちとは比較にもならないくらい強いって話だし……」

一応、俺も勇者なんだけどな。

と、そんなアズとのやり取りが、フラグになってしまったのか、

◇　◇　◇

『警告。ダンジョン内に侵入生物です。人間と思われる四人組です』

「魔物というのは、主に魔力によって自然発生的に出現する、凶悪な生物たちのことだ。その危険性から、全部で七つの危険度に分類されている」

バルステ王国の王宮。そこで異世界から召喚されたばかりの勇者たちが、この世界の常識を教わっていた。

「S級、特A級、A級、B級、C級、D級、E級。このうち幸いにも、S級は現在この世界に存在しておらず、特A級が最高レベルとなっている。しかしこの特A級ですら、国家を単体で滅亡させるほどの凶悪な存在だ。それが今、全部で五体確認されていて、ぜひとも諸君ら勇者たちにその討伐を期待したい。もし成功すれば、英雄として永遠に語り継がれることになるだろう」

さらに講師が語るには。

A級の魔物は、単体で大規模の都市を陥落させ得る力を持つ。

B級の魔物は、単体で小規模の都市を滅ぼし得る力を持つ。

C級の魔物は、単体で村や集落を全滅させ得る力を持つ。

「D級やE級となると、それなりの訓練を積んだ兵士たちであれば、十分に討伐することが可能だ。諸君ら勇者の敵ではないだろう」

とそこで、勇者の一人が手を上げた。

普段から授業でも積極的な男子生徒が、講師に問う。

「この世界にはやっぱり魔王もいるんですか？」

勇者がいるなら、魔王もいるのではないか。

それは勇者たちの多くが抱いていた疑問だった。

すると講師はやや神妙な顔つきになって、

「そうだな……歴史上、魔王と呼ばれていた存在が、一体だけいる」

「一体だけ、ですか?」

「ああ、そうだ。そしてその魔王こそが、唯一S級に認定されたことのある魔物だ。……厳密には魔物というわけではないが」

今から五百年ほど前のこと。

魔王によって滅亡の危機に瀕《ひん》した人類は、決死の思いで異世界から勇者を召喚する魔法を発明する。

呼び出された勇者たちが力を合わせ、ついに魔王は討伐された。

実はこの出来事こそが、現在まで続く勇者召喚の起源なのだという。

「しかし魔王単体は、それほど強力な存在ではなかった。一説には、せいぜいA級程度でしかなかったとすら言われている」

「そうなんですね。じゃあ、なぜS級に?」

その問いに、講師は少し頰《ほお》を引き攣《つ》らせながら、ゆっくりと告げたのだった。

「……魔王が恐ろしかったのは、魔王が率いるその圧倒的な勢力だ。なにせ世界最大級のダンジョンを支配していた魔王は、そこで凶悪な魔物を無限に作り出し、己《おのれ》の意のままに操《あやつ》ることができたのだ」

第二章 勇者パーティ

「思っていたより深いな！　もしかしたらただの洞窟じゃないかもしれないぞ！」

何十メートルも先まで続いているその洞窟に、異世界から召喚された勇者、天野正義《あまのまさよし》はワクワクしながら告げた。

「それって、まさか、ダンジョンってことですか……？」

驚いた様子で訊いたのは、住吉美里《すみよしみさと》。

彼女もまた、異世界召喚された勇者の一人だ。

「え～、それマジ？　だとしたらヤバいんじゃね？」

髪の毛を金色に染めたギャルが、言葉とは裏腹に目を輝かせながら言う。

これまた見た目とは裏腹に、彼女は神宮寺詩織《じんぐうじしおり》という真面目《まじめ》そうな名を持つ。

「そうですね。ここはいったん引き返して、報告した方がいいと思います」

と、冷静に撤退を提案する美里だったが、それを詩織が大きな声で遮《さえぎ》った。

「でも、ここまで来たら行くっきゃないっしょ！」

「そうだな！　なんたって、オレたちは勇者だ！　ここで引き返すなんて勇者じゃない！」

ギャルらしい能天気さで拳《こぶし》を突き上げる詩織に対し、正義が力強く頷《うなず》く。

「え、いや、ちょっと！　さすがに危険ですよ⁉」

常識人である美里《みさと》は慌てて二人を止めようとする。

しかしノリノリの彼らは、そんな彼女を無視して先へと進んでいこうとしていた。

「先生も何か言ってくださいよ！」

「ええっ？　ぼ、僕……？」

「他に誰《だれ》がいるんですか？」

「いや、だって……ここは異世界だし……その、業務外っていうか……」

美里に詰められ、おどおどと答えるのは、この中で唯一の大人である大石諭史《おおいしさとし》、三十八歳。

化学教師である彼は、二年B組の担任も務めており、生徒たちと共にこの異世界に召喚されていた。

「……頼りなさ過ぎです」

本来なら彼らを引っ張っていくはずの大人がまるで役に立たず、美里は大きく溜息《ためいき》を吐《つ》く。

とそのとき、正義が何かを見つけて声を上げた。

「見ろ、何かいるぞ！」

彼が指さす方向に、全員が一斉に視線をやる。

するとそこにいたのは——


「ぷぅぷぅ」

「「「めっちゃ可愛《かわい》い生き物がいるうううううう⁉」」」

白くて丸っこくてモフモフした、謎《なぞ》の生物だった。

「……ぷぅ？」

「もしかして、ウサギですか？」

「キャーッ、超かわいいんですケド！　しかも今の鳴き声⁉　かわいすぎでしょ！」

「アンゴラウサギに似てますね……でも、魔物かもしれないから気を付けないと」

「こ、ここがダンジョンなら、魔物だとしてもおかしくはないよね……」

警戒する美里と化学教師だったが、ギャルが一目散に走り出した。

「アタシに抱っこさせて～～っ！」

「～～っ⁉」

「あっ、何で逃げるし⁉」

迫りくるギャルに、謎のウサギが慌てて逃げ出す。

「アタシ怖くなんてないから待ってってってば～っ！　てか、チョー速いんですケド！」

ウサギの後を追うギャルを、他の三人も慌てて追いかける。

そうしてしばらく洞窟内を駆け続けていると、広い部屋に出た。

「ちょっ⁉　なんか地面が⁉」

突然、何かに足を取られ、転びそうになる詩織。

少し遅れて追いついてきた正義もまた、強制的に急ブレーキをかけられてしまう。

「何だ、この地面は……っ？」

「って、畑じゃん！　何でこんなとこに畑があるし⁉」

二人が走りにくい畑に戸惑っていると、鋭い声が聞こえてきた。

「灰になりなさい！」

直後、矢のような炎が二本、猛スピードで飛んでくる。

「はぁっ！」

「あ、危ないし⁉」

しかし正義は剣を振るってそれを一蹴。

詩織もまた手にした特殊な扇で、炎をあっさり掻《か》き消した。

「防がれた⁉　くっ、やるわね！」

炎が飛んできた方角から、女性のものと思われるそんな声が聞こえてくる。

攻撃してきた以上、敵対的な存在であることは間違いないと判断して、二人はすぐさま反撃体勢に入った。

「ちょっと待てって、アズ！」

「何で止めるのよ⁉」

しかし続いて聞こえてきた少年の声に、正義と詩織は戸惑う。

明らかに聞き覚えのある声だったのだ。

「この声は……まさか、穴井《あない》？」

「マジ⁉　何でこんなとこいるし⁉」

驚く二人の前に現れたのは、勇者失格の烙印《らくいん》を押され、一人王宮から姿を消したクラスメイト、穴井丸夫《まるお》だった。

◇　◇　◇

アンゴラージが引きつけてきた侵入者たち。

驚くべきことに、彼らは俺《おれ》の知る人物たちだった。

「ちょっと待てって、アズ！」

「何で止めるのよ⁉」

にもかかわらず、撃退しようとしているアズを俺は慌てて制止する。

すでに攻撃魔法を放ってしまったが……幸い二人は無傷のようだ。

「この声は……まさか、穴井？」

「マジ⁉　何でこんなとこいるし⁉」

俺に気づいて目を丸くしているのは、一緒にこの世界に召喚されてきたクラスメイトたちだった。

一人は天野正義。

バスケ部のエースとして活躍する高身長イケメンで、名前の通り正義感が強い彼は、その見た目からして、最も勇者らしい勇者と言えるだろう。

学校中の女子たちの憧《あこが》れの存在らしく、去年のバレンタインのときには、チョコを渡したい女子たちで大行列ができたほど。

ちなみに勉強の方はあまり得意ではない。

そして勇者として与えられたジョブは【剣聖】。当然のごとくドラゴン級だ。

もう一人は神宮寺詩織。

校則など完全無視した派手な金髪と高校生とは思えない派手なネイルが特徴的な、いわゆるギャルだ。

ただ意外と育ちがいいらしく、人を傷つけるようなことは言わない、良性のギャルである。

明るい性格で、クラスのムードメーカー的なポジションでもあり、男子も女子も、あまり彼女のことを嫌っている人間を見たことがない。

彼女が勇者として与えられたジョブは【天舞姫】。こちらもドラゴン級である。

「ホントにあなりんじゃん！　ちゃんと生きてたし～っ！」

はっきり俺だと分かると、神宮寺が嬉《うれ》しそうに飛びついてきた。

ちなみに「あなりん」というのは彼女が勝手に考えた俺のあだ名だ。

……彼女以外に呼んでるやつはいないが。

なお、以前は「あなちん」だったが、さすがに卑猥《ひわい》なものを連想してしまうこともあり、別のものに変えてもらったという経緯がある。

「あんまりくっ付くなって……」

ギャルだからスキンシップが激しいのだが、さすがに抱き着くのは勘弁してほしい。

女子にしては背が高く、またやたらと発育もいいため、高校生男子としては色々と困ってしまうのだ。

「だって心配したっしょ！　せめて一言くらい言ってから出ていけばいいのに、あなりん急にいなくなるし！　あと、アタシのことはしおるんって呼んでって言っててんじゃんか～」

「はいはい、しおるんしおるん」

「ぞんざい過ぎるんですケド⁉」

天野も苦言を呈してくる。

「みんなお前のことを心配してたんだぞ？　使えない勇者なんて判定されて、自暴自棄《じぼうじき》になって王宮を飛び出したんじゃないかって」

どうやら俺は可哀想《かわいそう》なやつと思われていたようだ。

「まぁ、みんなみたいに勇者として活躍はできそうにないし、それならせっかく異世界に来たんだし、あちこち旅行してみようと思ってさ」

「旅行……？　ぶふっ、超ウケる！」

なぜか神宮寺が噴き出した。

「いや、さすがあなりんっしょ！　そのメンタルにマジ惚《ほ》れるんですケド！　ぜんぜん心配する必要なかったじゃん！」

「ははっ、確かにそうだ！　考えてみたら、今まで穴井が自棄になってるところなんて、一度も見たことがないしな！」

苦笑する天野。

ていうか、俺、周りからどんなふうに思われていたんだ……？

正直、俺はあまり人付き合いが得意な方ではなく、仲の良い友人は少ない。

だがそれを悲観的に思ったことはないし、ただ平穏に過ぎていく毎日に、充実感を覚えながら生きていた。

ちなみに天野とは中学校から同じだったりする。

別に友達というわけでもないが、天野は誰とでも仲良くできるタイプなので、たまーに話しかけてくることがあって、もちろんそのときは俺も愛想よく応じている。

とそこで、天野たちが来た方向から、遅れて残りの二人が追いついてきた。

「えっ、丸くんっ？」

そのうちの一人は、住吉美里。神宮寺とは対照的な、清楚《せいそ》という言葉の似合う黒髪の女子だ。

性格も真面目で成績優秀。書道部に属していて、最近かなり大きな賞を取ったという。

そして、俺とは幼稚園からの幼馴染だったりする。

家も近所で親同士も仲が良いので、何度か家族ぐるみで一緒に旅行に行ったこともあった。

そんな彼女が与えられたジョブは【聖女】。回復魔法に長《た》けたドラゴン級の勇者だ。

「何でこんなところにいるんですかっ？」

「ええと……説明したら少し長くなるんだが……」

「長くなってもいいので、ちゃんと説明してください。……そっちの女の子のことも」

美里がちらりとアズの方へ視線をやる。

なぜかそこに敵意のようなものが込められていたように感じたのは、気のせいだろうか？

なお、説明が遅れたが、最後の一人はうちのクラスの担任である大石論史だ。

線の細い身体つきと気弱な性格で、担任なのに頼りなさ過ぎる三十八歳だが、勇者としてはドラゴン級の【大魔導士】というジョブを授《さず》かっていた。

「アタシも超気になるんですケド！　てか、めっちゃ可愛い子じゃん！　コスプレも似合ってるし！」

「コスプレじゃないけどな……」

アズの角や尻尾《しっぽ》は、紛れもない身体の一部である。

それから俺は、彼らに今までの経緯を話していった。

すると反応が真っ二つに割れた。

「穴を掘ってたらダンジョンマスターになった⁉　すごいじゃないか！」

「あなりん、自在にダンジョン作れるってこと⁉　やっば！　超羨《うらや》ましいんですケド！」

驚きと羨望の眼差《まなざ》しを向けてくるのは、天野と神宮寺だ。

「彼女は眷属《けんぞく》で……ずっと一緒にいる……」

「美少女を……支配下に……なんと、うらやまけしからん……」

一方、美里と大石はわなわなと身体を震わせている。

どうやらダンジョンそのものよりも、アズの存在の方が気になったようだ。

「ええと……丸くん？　彼女のその格好も……もしかして、丸くんの命令ですか……？」

なぜか怖い顔で聞いてくる美里。

アズの服装は、確かにかなり露出度が高く、真面目な美里には受け入れがたいものかもしれない。

肩もお腹《なか》も太腿《ふともも》も大胆に露《あら》わになっているし、胸の部分も真ん中がぱっくり開いているため、谷間を簡単に拝むことができるのだ。

だが最初からこの格好だったわけで、俺が指示したなんて大いなる濡《ぬ》れ衣《ぎぬ》である。

「違うって。元々こういう姿で現れたんだよ」

「本当ですか？」

「ついでにコスプレでもなくて、本物の角や尻尾だぞ。魔族らしいからな」

美里が疑いの目を向けてくる一方で、大石はアズの身体を舐《な》め回すようにガン見していた。

「も、もし僕が、彼の立場だったら……あんなことやこんなことを……ハァハァ……」

何かブツブツ言ってるし。俺たちの担任、大丈夫だろうか……。

そんな美里と大石のせいか、アズは俺の後ろに隠れ、ぶるぶると震えていた。

「ね、ねぇ……あんた、こいつらと知り合いなの……？　さっきから、勇者とかどうとか言ってるけど……」

「ああ、彼らは紛れもない勇者だぞ」

「ゆ、勇者……っ⁉　ううう、嘘《うそ》でしょ⁉　こ、こんなに早く勇者に見つかってしまうなんて……っ！　終わったわ……。あ、でも、あんたと知り合いだっていうのなら、交渉の余地あり……？　ていうか、何で勇者なんかと知り合いなのよ？」

「話を聞いてなかったのか？　一応、俺も勇者だからだ」

戦力外勇者だが。

「はぁ⁉　あんたも勇者なの⁉」

「そうだぞ。勝手に異世界から召喚されたんだよ」

「だ、だから色々とおかしかったのね！　って、勇者でダンジョンマスターとか、聞いたことないんだけど⁉」

そもそもダンジョンマスター自体、本来は魔族がなるものだっていうし、そりゃそうだろう。

「ねぇねぇ、あなりん！　もしかして、さっきのモフモフのうさっぴ、あなりんが飼ってたり？」

「ああ。アンゴラージっていって、俺が作り出した魔物なんだ」

「マジ⁉　さっき逃げられたんだけど、抱っこさせてくんない⁉」

「別に構わないけど」

「や～ん、あなりんマジ神！」

神宮寺に懇願され、俺は従魔たちをこの場に集合させることに。

「「「「「ぷぅぷぅ」」」」」

「「「「「わうわう」」」」」

「「「「「くるるる」」」」」

あちこちから一斉にモフモフたちが集い、まるで雲海のようになってしまった。

ちなみに大半がアンゴラージ、ポメラハウンド、エナガルーダだ。

スモークトレントやチンチライオンはまだ数体しか作成できていない。

「「「めっちゃいる⁉」」」

「やあああん！　超かわいいいんですケドおおおおおおおおおっ！」

神宮寺は目をハートにして叫ぶ。

特にアンゴラージが怯《おび》えているので、俺はモフモフたちに言い聞かせた。

「みんな、この人たちは怖くないからな」

「「「「「ぷぅ」」」」」

「「「「「わう」」」」」

「「「「「くる」」」」」

そろって素直に頷いてくれる。

「マジ賢いし！　あなりん、触っていい⁉」

「ああ、いいぞ」

「やったあああああああっ！」

神宮寺が絶叫しながらモフモフの群れに突撃していく。

アンゴラージやエナガルーダは少しビクッとしたが、人懐こいポメラハウンドたちはむしろ自分の方から神宮寺に飛びついていった。

「あああん！　もっふもふしてるしいいいいいいいいっ！　マジここ超天国～～～っ！」

恍惚《こうこつ》の表情でモフモフを堪能する神宮寺。

それに少し遅れて、天野や美里もモフモフの雲海へ。

「こ、これは確かに気持ちがいいな……」

「すごく可愛いです……癒《いや》されます……」

先ほどまでピリついていた美里も頬《ほお》を緩めまくり、すっかりモフモフたちの虜になっている。

ふっふっふ、やはりうちの従魔たちの癒し能力は抜群だな。

そのとき眼鏡《めがね》を曇らせた大石が恐る恐る訊いてきた。

「……と、ところで、穴井くん……その、そちらのお嬢さんのお触りも、できたりするのかな……？」

ハァハァ……」

「ダメに決まってんだろ」

なに言ってんだ、このエロ教師。

「今度はそっちの状況を教えてくれないか？」

モフモフに埋もれる彼らに、俺は自分が王宮を出た後のことを聞いた。

異世界の常識を一通り学んだ彼らは、早々に自由な行動を許されたという。

てっきり勇者として厳しい教育を受け、王宮の管理の下で活動していくのかと思っていたが、どうやらそうではないらしい。

「異世界から来た勇者たちは、管理されることを嫌う性質を持つと認識されているみたいなんです。だから基本的に、かなりの自由を約束してくれています」

「わうわうっ」

ポメラハウンドを胸に抱きながら、美里が教えてくれる。

「そしてこの世界には冒険者ギルドというものがあって、そこは自分たちで好きな依頼を見つけて、好きなときにこなして報酬を得ることができるんです。だから勇者の多くはここに所属しています。正確には王宮から派遣されている形ですが」

どうやら彼らは現在、勇者兼冒険者になって、四人でパーティを組んでいるらしい。

全員がドラゴン級勇者に認定されているパーティということで、すでに界隈《かいわい》で大いに話題になっているとか。

「ただし、他国に行くときには国の許可が必要ですし、国からの緊急要請に応じなくてはいけません。もっとも、寝床や食事、それに装備やアイテムなんかを国がサポートしてくれていますし、それほど厳しい条件ではないかと」

だから俺のこともすんなり許可してくれたのかもしれない。

てっきり要らない勇者だからとばかり思っていたが……。

「もちろん仮に死んだとしても、生き返ることができるというのも大きいと思います。せっかく召喚した貴重な戦力が簡単に失われるのだとしたら、もう少し慎重になったでしょう」

ちなみにクラスメイトの一人が、本当に死んでも生き返られるのかを試すため、実際に死んでみたらしい。

ナイフで自分の心臓を刺したのだとか。

「マジか。いくら生き返ると言われてても、怖くてそんなことできないだろ」

「普通はそうですね」

「やったのは誰なんだ？　いや、聞かなくても分かる。田中《たなか》だろ？」

「そうです」

「あいつなら平気でやりそうだな……」

田中はクラス一のヤバいやつなのだ。

復活できるか確かめるため自分の心臓をナイフで刺したという話に納得しつつ、俺は詳しい顛末《てんまつ》を聞く。

「それで、本当に生き返ったのか？」

「はい。持っていた装備やアイテムだけを残して、目の前から姿が掻《か》き消えたんです。それから数分後、私たちが召喚された王宮内の神殿に、無傷で出現しました。……全裸で」

服も死んだ場所に残ってしまうのか……。

男子ならまだいいが、女子は大変そうだ。

「一応、異世界の衣服であれば、身に着けたままになるらしいです。ただ、さすがにずっと同じものを着続けるわけにもいかないですし……この一件で、私は絶対に死ぬわけにはいかないと決意しました」

「あはは、完全に死ぬよりいいじゃん！」

美里が拳を強く握りしめ、固い決意を口にする。一方、ギャルらしくさばさばした神宮寺は、あまり気にしていない様子だ。

「……死ぬなら一緒に……そうすれば……ハァハァ……」

大石は一度マジで死んだ方がいいと思う。もちろん一人で。

「生き返る先は、この世界に召喚された場所に固定される、か。じゃあ、あんまり遠くで死ぬと装備品なんかの回収が大変そうだな」

「そうなんです。それがあるからこそ、ある程度、私たち勇者に自由行動を認めているって部分もあると思います」

仮に勇者が国を出ていったとしても、死ねば確実に戻ってくるわけか。それは下手な管理より、よっぽど大きな意味を持つだろう。

一通り話を聞き終わると、天野が興味津々に質問してきた。

「なぁなぁ、穴井！　ダンジョンって、どうやって広げているんだ？」

「そうだな。普通はダンジョンポイントというのを稼がなくちゃダメなんだが、幸い俺は【穴掘士】っていうジョブだから、自力で掘って広げてるんだ。もちろん魔物を作ったりトラップを設置したりするには、ポイントが必須になるけどな」

「掘ってるって、ここに来るだけでもかなりの距離があったぞ⁉　どこまで続いてるんだ⁉」

「うーん、そうだな……つい最近、別の街の地下まで到達したけど……」

「「別の街⁉」」

そろって驚きの声を上げる天野たち。

「別の街って、王都の近くには街なんてほとんどないですけど……」

「そういえば、なんて街だったっけな……一応、街まで聞きに行ったんだが……怪しまれたけど。

ああ、そうだ。確か、レジールっていったか？」

「レジール⁉　王都から二十キロ以上は離れてますよ！　それを自分で掘ったって……ほら、見てください」

美里が地図を取り出し、それを見せてくれた。

王宮から貰《もら》った、かなり正確な地図らしい。

「まぁただ真《ま》っ直《す》ぐ掘るだけだったからな。地図でいうと、今いるこの辺りは地下三階まで掘って、ここみたいな部屋が幾つかあるぞ」

「ど、どれだけの広さがあるんですか……？」

「ちょっとしたショッピングモールくらいかな」

「す、少し探検してみてもいいかっ？　オレ、ダンジョンに潜るの初めてなんだよ！」

冒険心が沸き立つのか、目を輝かせて頼み込んでくる天野。

「構わないぞ。ただ、まだ構築中だし、あまり期待に沿えるようなダンジョンじゃないけどな」

トラップらしいトラップもないし、魔物も可愛いモフモフたちだけだ。

「あと、最下層にある水晶みたいなやつには絶対に触らないでくれよ」

「ああ、了解だ！」

天野は返事をするなり、ダンジョンの奥へと走っていく。

少しして「トイレやお風呂《ふろ》があるぞ⁉」という大きな声が聞こえてきた。

「ところで丸くん。このダンジョン、入り口は一つしかないのですか？」

「いや、作ろうと思ったらいくらでも作れるぞ」

「そうなんですね。ちなみにそれは任意の場所に？」

「ああ。ダンジョンを掘り進めていけば、どこにでも繋《つな》げられると思うぞ」

「なるほど……もしかすると、有効活用できるかもしれないですね」

「？」

しばらくして天野が探検から戻ってきたところで、美里がある提案を口にした。

「ちょうど冒険者ギルドに依頼が出ていたんですけど、実はそのレジールという街から数キロほどしか離れていない場所に、リザードマンというトカゲの魔物が砦《とりで》を作ってしまったそうなんです」

そのせいで街道の一部が閉鎖され、物流などにも大きな影響が出ているらしい。当然、すぐに討伐したいところだったが、

「かなり堅牢《けんろう》な作りのようで、数も多く、冒険者も騎士団もなかなか手を出せずにいるようでして。もしこのダンジョンをその砦の内側に繋げることができるとしたら、討伐が容易になるかもしれません。……場所は地図でいうこの辺りなんですが」

「なるほど。ちょっと掘り進めればいいだけだな」

「ほんとですか？」

「ああ。この距離なら一日も要らないぞ」

「一日ですか⁉」

だがリザードマンは、オークを上回る危険度Cの魔物らしい。

まだ駆け出しのパーティである彼らは、もう少しだけレベルアップしてから挑みたいそうだ。

「じゃあ、準備ができたらまた来てくれよ。こっちは砦までダンジョンを繋げておくからさ」

「よろしくお願いします」

そしていったん天野たちは地上に戻ることになったのだが、

「あなりん～♪」

アンゴラージを抱えた神宮寺が、なぜかやたら甘えるような声ですり寄ってくる。

「この子、うちにちょ～だい♡」

「別に構わないけど」

「って、さすがに無理かぁ～。ペットにしたかったんだけど……って、良いの⁉」

「ああ。いくらでも作れるしな」

「マジで⁉　あなりん、超イケメンじゃん！」

抱き着いてこようとした神宮寺を、俺はさっと躱《かわ》した。

「でも、外に連れだすことができるんですか？　確か、ダンジョンの魔物は、ダンジョンから出ることができないと教わったんですけど……」

「え⁉　みさっち、それマジ⁉　じゃあダメじゃん⁉」

「いや、このダンジョンの魔物は自由に出入りできるぞ」

「そうなんですか……？」

「ちょっ、みさっち、驚かせないでほしいんですケド！　ん～、よかったねぇ、あんちょむ～♡」

「ぷぅ……」

当のアンゴラージはあまり乗り気ではないようで、どこか哀《かな》しげだ。あんちょむとか、変な名前つけられてるし……。

潤んだ瞳《ひとみ》でこっちを見つめてきたが、今さら神宮寺の申し出を断るわけにもいかず、俺は首を左右に振った。

達者でな……。

「それなら……私も、この子が欲しいです」

神宮寺に続いて、美里までポメラハウンドを連れていきたいと言い出した。

「いいぞ」

「ほんとですか？　やった……」

嬉しそうにポメラハウンドを抱きしめる美里。

「わうわう！」

先ほどのアンゴラージと違って、ポメラハウンドは乗り気のようだ。

「二人とも羨ましいな！」

「天野も連れていくか？」

「えっ、いいのかっ？」

俺が軽く口笛を鳴らすと、一羽のエナガルーダが天野の肩に止まった。

「ありがとう！　ぜひ大切にする！」

「くるる」

モフモフの頭を優しく撫《な》でる天野。エナガルーダも嬉しそうだ。

「では、僕はそちらのお嬢さんを……」

「あ？」

「い、いや、冗談だ、冗談……」

もちろん大石には何もあげなかった。

「今さらだが、その子たちをあげる代わりに一つだけ条件がある」

「条件、ですか？」

「このダンジョンのことは誰にも話さないでほしいんだよ」

「確かに、こんな可愛い子たちを貰えるって知ったら、人が殺到するっしょ！」

「それはそうですね」

別にそれが最大の理由ってわけではないんだが、まぁ納得してくれたならいいか。

天野たちが帰っていった後、俺はリザードマンの砦があるという場所に向けて、ダンジョンを掘っていった。

そして目的地の地下らしきところまで辿《たど》り着く。

「この上に生き物がたくさんいる。それに、石を積み上げて作った壁のようなものがあるな」

間違いない。リザードマンの砦だろう。

「あっという間だったな。じゃあ次は、こっちの方に掘っていくか」

今度はまた別の方向に掘り進めることにした。

特にどこかを目的にしているわけではないのだが、一応、街を目印にしながらダンジョンを広げている。ちなみに美里の持つ地図を簡単に写させてもらったので、だいたいの位置が分かるようになっていた。

そうしてザクザク掘っていると、

「ん、何だ？」

空間を発見してしまう。ちょうどダンジョンコアを見つけたときのような感じだ。あのときもコアの周辺には、六畳間ほどのスペースが空いていたっけ。

ただし、今度はもっと細長い。

「洞窟？　いや、それにしては狭いが……」

首を傾《かし》げつつ、そこへ足を踏み入れようとした、まさにそのときだ。

「シャアアアアアッ！」

「っ、魔物⁉」

前方の暗闇《くらやみ》から現れたのは、全長三メートルはあろうかという蛇の魔物だった。どうやらここはこいつの巣穴だったらしい。

牙《きば》を剝き出しながら、こちらに躍りかかってくる。

「わうわうっ⁉」

やばい。今ここに連れてきているのは、お供のポメラハウンドが一体だけ。

当然、アズもいないし、俺はほとんど無防備の状態である。

こんな危険そうな魔物に襲われたら一溜《ひとたま》りもない。

「シャアアアアッ！」

ずどんっ！

「〜〜〜〜〜〜ッ⁉」

「え？」

今まさに俺の身体に嚙《か》みついてこようとしていた蛇の魔物が、急にのた打ち回りはじめた。

よく見ると、その胴体の一部がごっそり抉《えぐ》り取られている。

「お前が何かやったのか？」

「わう？」

「違うのか。じゃあ、俺か？　いや、咄嗟《とっさ》に手を振っただけだが……」

先ほどの自分の行動を思い出してみるが、迫りくる蛇を前に、思わず空中を手で掻いただけである。ちょうど穴を掘るときの動きを、無意識にやってしまったのだ。

「待てよ？　もしかして……」

俺は同じ動作をもう一度やってみた。

ずどんっ！

「～～～～～～ッ⁉」

すると今度は蛇の頭部に近い場所が消失し、蛇はそのまま絶命してしまった。

……うーむ。詳しいことは分からんが、どうやら土だけじゃなくて、生き物の身体まで〝掘れる〟らしい。

「どういうことだ？　実は【穴掘士】って、結構強いジョブだったりするのか？」

俺はいったんアズのいる生活拠点に戻って、従魔たちが連れてくる外来の魔物相手に色々と実験をしてみることにした。

「ブヒイイイイッ！」

「せいっ！」

ずどんっ！

「ブヒィイイイイイイイッ⁉」

右足を抉り抜かれたオークが、絶叫しながら地面に倒れ込む。

「ちょっ、今なにしたのよ⁉」

「どうやら生き物の身体も掘れるみたいなんだ」

「しかも今、一切《いっさい》触れたりしてなかったわよね⁉」

「そうだな。まぁ少し前から距離があっても掘れるようになってたし」

「どういうこと⁉」

あれこれ試してみたが、本当に土と同じように魔物の身体も掘ることができるようだ。

二メートルくらいから掘削が可能で、距離が近づくほど一度に掘れる分量が増えていく。

ただし、柔らかいものより硬いものの方が掘り辛《づら》い。

これは土も同じなのだが、魔物でも骨などの硬い部分だと掘るのに力が必要だった。

ちなみに頑張れば岩などでも掘れる。普通の土よりも時間がかかってしまうが。

最後に、ダンジョンの外でも試してみることにした。

「グギャギャギャギャッ！」

「そりゃっ！」

「グギャギャ？」

「あれ？　せいっ！　そりゃっ！　おらっ！」

だがどんなに必死に手を振っても、目の前のゴブリンに何の異変も起こらない。

虚《むな》しく何度も空中を掻き続ける人間を気味悪がったのか、ゴブリンは後ずさりしている。

いや、よく見たらゴブリンが身に着けている腰布に、さっきまではなかったはずの穴が空いていた。どうやら威力はかなり落ちるものの、まったく掘削できないわけではないらしい。

残念ながらこれでは戦いに利用できそうにないな。

それになぜか外に出ると異常に身体が重たい。

「いや、むしろダンジョン内にいるときに、身体が軽くなっているのか？」

考えてみれば、王都からレジールという街までは二十キロ以上も離れているらしいのに、俺は移動に十分もかかっていなかった。

走っていてもまったく疲れないし、速度も明らかに出ている。

怯えているゴブリンを放置し、俺はダンジョンに戻った。

「アズ、ちょっといいか？」

「何よ？」

怪訝《けげん》な顔をするアズに近づいて、俺はその身体を持ち上げてみた。

「ななな⁉」

「やっぱり軽いな。どうやらダンジョンの中だと腕力も強くなるみたいだ」

「勝手に持ち上げないでよ！　ぎゃっ！」

暴《あば》れたアズが罰を喰《く》らってしまった。

悪い悪い、と言いながら降ろしてやる。

見た感じアズの体重は五十キロ近くあるだろうが、それを易々《やすやす》と腕の力だけで持ち上げられたのだ。

平均的な高校生男子の身体能力しかない俺に、こんな真似《まね》ができるはずない。

「これはダンジョンマスターの能力なのか？」

『いいえ、違います』

システムが否定しているし、ダンジョンマスター由来のものではなく、【穴掘士】のジョブによって得られる恩恵かもしれない。

「穴の中にいると能力が上がる、みたいな感じかな？　使える場面が限られるから、確かに勇者としてはあまり使えないジョブかもしれない。けど、ダンジョンマスターにとっては相性がいいぞ」

「ということは、あんたも魔物討伐に協力できるってことね！」

「ん？　それはこれまで通り、アズの仕事だが？」

「何でよ⁉」

「俺はダンジョンの拡張で忙しいからな。アズにはできない仕事だろ？」

「うぅ……」

ともあれ、これで万一、穴掘り中に魔物と遭遇しても、自力で処理できることが分かった。

考えてみれば地中に棲息《せいそく》している魔物も当然いるわけで、地面の中だからって必ずしも安全ではないのだ。

「ところでふと思ったんだが……本当に俺以外に、穴を掘るのは難しいんだろうか？」


「わうわうわうわうっ！」

ポメラハウンドが前脚で器用に土を掘っていく。しかも随分と嬉しそうだ。

そして穴は見る見るうちに穴が広がっていった。さすがに俺が掘るよりもペースは遅いが、それでも十分な速度である。

「この掘った部分もダンジョンの一部に判定されるのか？」

『されます』

……どうやら必ずしも俺が掘らなくてもいいようだった。

「「「わうわうわうわうっ！」」」

「数を増やせば、当然、掘る速度もあがるよな」

こちらに可愛らしいお尻《しり》を向けたポメラハウンドたちが、尻尾をふりふりしながら一生懸命に前脚で土を掘っていく様子に満足しながら、俺は頷く。

「「「ぷぅぷぅぷぅっ！」」」

さらにアンゴラージたちにも試しにやらせてみたところ、ペースは遅いものの意外としっかり穴を掘り進めていった。

「そういえば、ウサギも穴を掘る生き物なんだっけ」

さすがにエナガルーダやスモークトレントには難しかったが、チンチライオンも高い穴掘り能力を示した。

「にゃにゃにゃっ！」

そこで俺は従魔たちを、魔物討伐組と穴掘り組に分けることに。

数もどんどん増やして、ダンジョン拡張のさらなるペースアップに成功したのだった。

『おめでとうございます！　レベルアップしました！　新たな機能が追加されました』

そうしてレベルも５にアップ。

ステータス
マップ
迷宮構築
魔物生成
トラップ設置
フィールド変更
魔物強化

「魔物強化？」

新たに加わった機能に、俺は首を傾げる。

『生成済みの魔物を強化させることが可能です。なお、強化に必要なポイントは、魔物によって異なります』

システムが教えてくれた。

強化させたい魔物を見ると、どうやらポイントを確認できるらしい。

アンゴラージ強化（15）
ポメラハウンド強化（30）
エナガルーダ強化（45）
スモークトレント強化（60）
チンチライオン強化（90）

「生成に必要なポイントのちょうど三倍か。結構なポイントを要求されるんだな。まぁ、アンゴラージから試してみよう」

アンゴラージを一匹呼んで、強化を使用する。
するとアンゴラージの身体が光り出したかと思うと、どんどん大きくなっていって、
「ぷうぅぅぅぅ～～っ！」
そこに現れたのは、通常のアンゴラージの五倍近いサイズの、巨大モフモフだった。

『アンゴラージが進化し、ビッグアンゴラージになりました』

どうやら強化と同時に上位種に進化したようだ。

見た目は何も変わっていないが、とにかく大きい。高さが俺の胸辺りまであって、横幅に至ってはそれ以上だ。

「けど、動きは鈍くなってそうな気が……」

「ぷう！」

「え？　そんなことないって？」

「ぷぅ～う！」

次の瞬間、ビッグアンゴラージが地面を蹴《け》ったかと思うと、凄《すさ》まじい速度で走り出した。

「は、速い！」

「ぷぷぷぷぷぅうううううううっ！」

「しかも外壁を走っていく⁉」

進化したことで、俊敏性も大きく向上したようだった。

『ポメラハウンドが進化し、ポメラウルフになりました』

『エナガルーダが進化し、エルダーエナガルーダになりました』

さらにポメラハウンドを強化すると、ポメラウルフに。そしてエナガルーダを強化すると、エルダーエナガルーダになった。

ポメラウルフはウルフと言いつつ、見た目は単に大型になったポメラハウンドである。

つまりは巨大なポメラニアンだ。それでも牙が狼らしくかなり鋭くなっていたので、攻撃力はありそうである。

エルダーエナガルーダも、エナガルーダが巨大化しただけだった。

ただ、一気にダチョウ並のサイズになって、俺が背中に乗って飛んだり走ったりできるようになった。

「ダンジョンが広くて移動が大変になってきたし、これで移動したら速そうだな」

「くるるるっ！」

エルダーエナガルーダは、任せてくれ、とばかりに鳴いた。

「まぁ俺が自分で走った速いだろうけど」

「くるるっ⁉」


『スモークトレントが進化し、エビルスモークトレントになりました』

『チンチライオンが進化し、チンチライオンジェネラルになりました』


強化によってスモークトレントも進化し、背丈が三メートルを超える大きな樹木となった。

そしてチンチライオンも、体長二メートルほどの立派なモフモフのライオンに。

「にゃあ」

「鳴き声はそのままなんだな」

そして一度強化した魔物を、さらに強化することが可能らしく、

ビッグアンゴラージ強化（45）
ポメラウルフ強化（90）
エルダーエナガルーダ強化（135）
エビルスモークトレント強化（180）
チンチライオンジェネラル強化（270）

二度目の強化には、生成の九倍のポイントが必要なようだ。

さすがにポイントが大きいので、ビッグアンゴラージだけ試してみることにした。


『ビッグアンゴラージを強化しました』


しかし一度目と違って見た目の変化は見られない。

「どういうことだ？　もう進化はしないのか？」

『さらなる上位種に進化させるには、合計三回の強化が必要になります』

「マジか。さすがにそこまでのポイントはないいな」

それでも強化した個体は、強化していない個体より、すべての能力が大幅に向上しているよう

だった。

見た目では区別がつかないのだが、俺には何となく違いが分かる。

「ぷぅぷぅぷぅ！」

強化ビッグアンゴラージが、強さを誇示するように力強く鳴く。

「……あたしには全然分からないんだけど？」

「オーラが違うんだ」

「オーラ？」

「ああ。強者のオーラが出てる」

「ほんとかしら……？」

さらにフィールド変更の「フィールドB」を確かめてみた。

「ダンジョンの中に木が生えてきたぞ？」

「きっと森林系のフィールドね！　魔物を草木の陰に潜ませて、侵入者を急襲したりできるじゃない！」

「その割には樹木が疎《まば》らな気がするが……あ、『果樹フィールド』って書いてるな」

どうやらこの木々は果樹らしい。

「つまり果物ができるってことだな」

「また要らないやつじゃないの！」

「いやいや、果物は美味《おい》しいだろ」

しかもこのまま放置しておけば、勝手に実がなるようだ。どんな果物ができるかは畑の作物と同様、ランダムらしい。

続いて「フィールドC」を作成してみると、プールのようなものが出現した。長方形の堀のようなものに、たっぷり水が溜《た》まっているのだ。

「肉食の魚とかワニが住んでいる危険な池に違いないわ！」

もはやヤケクソ気味にアズが言う。

「全然そうは見えないけどな。ええと……『養殖フィールド』？」

どうやらここでは勝手に魚が育つらしい。

「畑で野菜が採れる。果樹園で果物が採れる。そして養殖場では魚が獲れる。……うん、言うことなしだ」

「ねぇ、ここ、本当にダンジョンよね……？」

第三章 ∴ リザードマン

順調にダンジョンを発展させていると、再び天野《あまの》たちがやってきた。

「なんか木が生えてませんか⁉　あっちには池もあるんですけど⁉」

「ああ。果樹園と養殖場で、新しく作ったんだ」

「そんなあっさり……」

「それより、約束通りリザードマンの砦《とりで》の地下までダンジョンを広げたぞ。そっちはどうだ？」

「……は、はい、私たちもあれから少しはレベルアップできました」

俺《おれ》があげた魔物たちも元気にしているみたいだ。

その可愛《かわい》さからすでに有名になっていて、冒険者ギルドの屈強な男たちですら、触れ合いを求めて集まってくるほどらしい。

「偵察などにも役に立っていて、すごく重宝してるんだ！　なっ？」

「くるる～」

天野が頭を撫《な》でると、肩に止まるエナガルーダが気持ちよさそうに鳴く。

「穴井《あない》くんっ……ぜひ、僕にも一匹いただけないだろうかっ？」

唯一、魔物をあげなかった大石《おおいし》が血走った目で迫ってきた。

「その心は？」

「（モフモフの魔物をダシにして、異世界の美少女たちとお近づきになりたいのだっ！）」

「却下」

「まだ何も言ってないのに⁉」

がっくり項垂《うなだ》れる大石を余所《よそ》に、俺は彼らに提案する。

「ちょっと距離があるから、こいつらに乗っていこう」

「「「くるるるるっ！」」」

俺は移動手段としてエルダーエナガルーダ五匹を用意していた。

「「「でかくない⁉」」」

「このエナガルーダを強化すると、上位種になったんだ。背中に乗せてもらえるぞ。ほら」

俺はエルダーエナガルーダの背に飛び乗る。

自分で走った方が早いのだが、今日はみんながいるから乗っていくとしよう。

天野たちも見よう見まねで後に続いた。

「こ、この乗り心地は……っ！」

「ちょっ、これ、超気持ちいんですケドおおおおっ！」

「まるで高級ベッドのようですね……はぅ……」

大興奮の天野たち。一方、大石はまだ項垂れていたので、

「咥《くわ》えて連れていってやれ」

「くるるぅ！」

「へ？　……ぬおおおおおおおおおっ⁉」

エルダーエナガルーダが大石の首根っこを咥え、そのまま先頭で走り出す。

俺たちもすぐその後を追いかけた。

しばらく走り続けたところで行き止まりが見えてきた。

そこで停止しながら、

「この上が目的地になっているはずだ。念のため一度近くから地上に繋《つな》げて確認してみたから、間違いないと思う。それで、ここからどうするんだ？　四人だけで乗り込むのか？」

それほど知能が高くないはずのリザードマンが作ったにしては、かなり大きくて立派な砦だった。

少なくとも百体以上のリザードマンがいそうな規模だし、いくらドラゴン級の勇者たちとはいえ、駆け出しの彼らがこの人数で攻め入って、無事で済むとは思えなかった。

「そうですね……リザードマンは危険度Cの魔物とされていて、今の私たちであれば、同時に二、三体程度なら余裕で倒せます。けれど百体を超えるとなると、正攻法では難しいでしょう。ですので、ダンジョンから奇襲を仕掛け、リザードマンが集まってくる前に撤退。穴を塞《ふさ》いでいただき、また別の場所で奇襲して……というのを繰り返して、少しずつ敵の数を減らしていくという作戦でいこうかと考えていました」

「なるほど」

「なので、出入り口を開けたり塞いだりしてもらえるとありがたいんですが……可能ですか？」

「ああ、もちろんだ。だが、それよりもいい手があると思うぞ」

「え、ほんとですか？　それはどんな？」

興味深そうに聞いてくる美里《みさと》に、俺は自信満々で告げた。

「こっちが呰に乗り込むんじゃなくて、リザードマンの方をダンジョンに誘《おび》き寄せるんだよ」


「わうわう！」

「シャアアアアッ！」

「来たぞ。最初の一体だ」

ダンジョンの狭い通路を通って、こちらに逃げてくるポメラハウンド。それを追いかけ、リザードマンがまんまと誘き出されてきた。

「はぁっ！」

「〜〜〜〜ッ⁉」

少し広い場所に出たところで、天野の剣がリザードマンの脳天に叩《たた》きつけられる。

ひっくり返ったリザードマンは、あっさり絶命していた。

「さすが【剣聖】。リザードマンを瞬殺か」

「また次が来ます！　今度は二体同時です！」

感心している俺を余所に、美里が叫ぶ。

「ここは僕に任せてくれ……っ！」

そう言って前に出たのは大石である。

いつもは頼りない担任教師だが、【大魔導士】としての自信か、堂々と杖《つえ》を構えながら魔法を発動する。

「「ブシャアッ⁉」」

大石が放った雷撃が、二体のリザードマンを同時に黒焦《くろこ》げにしてしまった。

「「「シャアアアアッ‼」」」

「もっと来ました！　全部で五、六体はいます！」

「アタシに任せといて！」

一気に押し寄せてきたリザードマンの集団に、今度は神宮寺《じんぐうじ》が威勢よく前に出る。

手にした扇を翻《ひるがえ》しながら、【天舞姫】が優雅な舞を踊り始めると、どういうわけか、リザードマンたちの動きが一斉に鈍くなった。

ふらふらとよろめき出すリザードマンたち。

神宮寺がその舞によって、何らかの状態異常をもたらしたのだろう。

すかさず飛び込んだ天野が、次々と斬り捨てていった。

砦に乗り込むのではなく、リザードマンをダンジョン内に誘き寄せる。

俺が提案した作戦が実行されることになり、今のところ順調に進んでいた。

ちなみにアズは不参加だ。

勇者たちのことをあまり好ましく思っていないらしく、同行を拒否したのである。

……アズによからぬ感情を抱いている大石もいるし、賢明かもしれない。

「丸くんの作戦、上手《うま》くいきそうですね。確かに敵地に攻め込むより、この方がずっと安全です。狭い通路ですし、リザードマンに取り囲まれる心配もありません」

美里が褒めてくれる。

「さらに言えば、こちらに有利な地形をいくらでも作ることができるぞ。っと、今度はもっと大量に来てるな。よし、今だ」

俺はリザードマンたちの足元の地面を、砂場に変えてやった。

「「「～～～～ッ⁉」」」

急に走り辛くなって転びそうになっているトカゲたちは、もはや格好の的だった。

大石が離れた場所からどんどん攻撃魔法を放って仕留めていく。

「あなりん、いま何やったし⁉」

「トラップを作ったんだ。といっても、ただの砂場だが、突然だと戸惑うよな」

「一瞬で作れるとか、マジ便利じゃん！」

もちろん他にも、ダンジョン内で戦う大きな利点があった。

それは魔物討伐によりポイントが貯まることだ。誰《だれ》が倒したかにかかわらずポイントが入ってくるので、大変捗《はかど》る。

さすがにこのことは本人たちに黙っているけどな。

「シャアアアアアアアアアアアアアアアアッ‼」

とそこへ、通常のリザードマンより一回り以上も身体の大きなリザードマンが現れ、凄《すさ》まじい雄叫《おたけ》びがダンジョンに響き渡った。

「なんかデカいのいるんですケド！」

神宮寺が驚きの声を上げる。

「やはりリザードマンエリートがいましたか……っ！」

「リザードマンエリート？」

「リザードマンエリートはリザードマンの上位種で、危険度はBに迫るとされています！ 砦の規模から考えて上位種がいる可能性が高いと、冒険者ギルドの受付嬢が言っていましたが……」

危険度がBに指定されている魔物は、単体で小さな都市を壊滅させ得る力を持つらしい。

だが迫りくる巨体を前に、天野はむしろ目を輝かせながら突っ込んでいった。

「ただのリザードマン程度じゃ、手応えがないと思ってたんだ！」

「ちょっ、天野くん⁉ 一人では危険ですっ！」

美里が慌てて止めようとするが、天野は聞く耳など持たない。

「心配は要らない！ どんな強敵だろうと打ち倒していくのが勇者だからな！」

うーん、この脳筋……。

元々はリザードマンの砦に正面から乗り込もうとしていて、それを美里がどうにか説得して止めていたらしい。

もし俺と出会っていなかったら、今頃《いまごろ》は本当にそうしていた可能性がある。

「はぁ……このパーティ、纏《まと》めるのが本当に大変なんですよね……」

どうやら美里も苦労しているようだ。

リザードマンエリートへ、真正面から飛びかかっていく天野。

「はぁぁぁぁっ！」

「シャアアアアッ！」

だが天野が繰り出した斬撃は、リザードマンエリートが手にする槍《やり》によって止められてしまった。

「ぐっ……なんて力だっ⁉」

「シャアアアアッ‼」

「うあっ⁉」

勢いよく吹き飛ばされてしまった天野は、俺のすぐ足元までごろごろと転がってきた。

やはり危険度Bに準じる強さの魔物ともなると、駆け出しの勇者には荷が重い相手なのかもしれない。

「シャアアアアッ‼」

「「「シャアアアアッ！」」」

リザードマンエリートの雄叫びに応《こた》えるように、他のリザードマンたちが殺到してくる。

「くっ……なんの、これしき……っ！」

「こいつを回収してくれ」

「くるるっ！」

「っ⁉　何を……っ⁉」

すぐに立ち上がって再び挑もうとする天野だったが、その服の端っこをエルダーエナガルーダが咥えて持ち上げた。

「よし、すぐに乗ってくれ！　いったん退避だ！」

俺の合図で、全員が一斉にエルダーエナガルーダの背に乗り込み、リザードマンの群れから距離を取る。

ちなみに俺は普通にダッシュし、みんなと併走。わざわざ乗るのが面倒になった。

「丸くん足速すぎませんか⁉」

「細かいことは気にするな」

その際、妨害のためにダメ元で地面を足つぼにしてやったら、それを踏んだリザードマンたちの悲鳴が背後から聞こえてきた。

……リザードマンにも効くんだな。靴を履《は》いていないからかもしれない。

「だがあのリザードマンエリート、かなり厄介な相手だな」

マップで確認してみると、ダンジョン内には三十体ほどのリザードマンが侵入していた。

通常のリザードマンであれば天野たちの敵ではないが、リザードマンエリートが率いる群れとなると、そう簡単にはいかないだろう。

「みんな、こっちだ」

「この道は……？　なんだか、随分とカーブしていますけど……」

「リザードマンたちの背後に出るルートだ。こんなこともあろうかと思って、新しい通路を作っておいたんだよ」

もちろん今はまだこの迂回路《うかいろ》は未完成で、進んでいった先は行き止まりになっている。

「この壁を掘れば……よし、これで抜けられるぞ」

「いま一瞬で壁が消失しませんでしたか⁉」

「ああ。俺が掘ったんだ」

「ど、どうやってですかっ？　近づいてすらいなかったですけど……」

「まぁ詳しいことは後だ。これでリザードマンの群れの背後に出たから、後ろから奇襲ができるぞ」

ちなみにうちの従魔たちがリザードマンを引きつけてくれているので、すぐに引き返してくることはないはずだ。

「背後から襲うなんて、勇者がそんな卑怯《ひきょう》な真似《まね》を……っ！」

「そんなくだらない自己満足な正義感で味方を危険に晒《さら》す方が、よっぽど悪ですし、巻き込まれる方としては大迷惑なんですけど？」

葛藤を見せる天野を、美里が容赦なく一刀両断した。

「わ、分かっている！　……ああ、そうだ！　人々の平和を守るため、オレたち勇者は時に心を鬼にしなくてはいけないんだ！」

「そこまで大それた状況でもないと思いますけど……」

そうしてリザードマンの集団に後ろから追いつくと、先陣を切って天野が突撃する。

「「「～～～～ッ!?」」」

動揺している隙を突いて、敵の数を一気に減らしていく。

モフモフたちのお陰で、リザードマンエリートはまだ後方の異変に気づいてすらいない様子だ。

「シャアアアアアアアアッ!!」

集団の大半を倒したところで、少し離れた場所から雄叫びが聞こえてきた。

「っ……気をつけろ、リザードマンエリートが引き返してきたぞ！」

「ここまで数を減らしたなら十分です！　今度こそリザードマンエリートを倒しましょう！」

通常のリザードマンは残り五体ほど。

いや、いま天野がそのうちの一体を仕留めたので、四体だ。

その四体を引き連れて、怒り心頭のリザードマンエリートが姿を現す。

「み、みんな、いったん僕の背後に……っ！」

先ほどから魔法の詠唱に集中していた大石が叫ぶと、前にいた天野、神宮寺が素早く下がってきた。

「ライトニングストームっ！」

直後、狭い通路いっぱいを覆《おお》い尽くすほどの雷が放たれ、リザードマンの群れを襲う。

猛烈な雷鳴が轟《とどろ》き、やがてゆっくりと静寂が戻ってきたときには、リザードマンエリート以外のリザードマンたちは焼きトカゲと化していた。

「大石やるじゃん！」

「ですがまだリザードマンエリートが……っ！」

「シャアアアアアアアアアアアアッ‼」

雷をまともに浴びながらも、さすがの頑強さで憤怒の咆哮《ほうこう》を轟かせるリザードマンエリート。

と、そのときだった。

リザードマンエリートが、手にしていた槍をいきなり投擲《とうてき》した。猛スピードで天野の脇《わき》を通り抜けていった槍は、高速回転しながら神宮寺、そして大石の近くも通過。

そのまま後方にいた美里のところへ、真《ま》っ直《す》ぐ飛んでいって――

「え？」

ジョブ【聖女】を授《さず》かった彼女は、超一流の回復役になり得る逸材だ。

ただ、身体能力はあまり高くなく、そのため常にパーティの後ろの方にいて、仲間たちの治癒や補助に徹していた。

そんな彼女に迫る槍は、直撃したら一瞬で彼女の命を刈り取るほどの凶悪なものだ。

しかし当人を含めて仲間たちの誰も、それに対応することができなかった。

――一人を除いて。

「危ない！」

「丸くん⁉」

寸前で彼女の前に滑り込んだのは、すぐ近くにいた俺だ。

背後から美里の悲鳴が聞こえる中、俺はダメ元でいつも土を掘るときのように手を振るった。

「せいっ！」

ダンジョン内にいれば、魔物の身体ですら掘ることができたのだから、きっと槍くらい掘れるだろう。

まぁ仮に失敗して死んだところで、王宮で再スタートできるしな。

俺は男だし、美里と違って裸にそれほど抵抗があるわけでもない。

ずどんっ！

おっ、上手くいった。

だがまだ大きな槍の半分くらいが消失しただけで、残る部分が迫ってくる。

ずどんっ！

間髪入れずに二撃目。この無手掘削は両方の手でできるため、右手の直後、一瞬で左手による二発目を繰り出すことが可能なのだ。

そうして槍は完全に消滅し、ただ残った風圧だけが俺の身体にぶつかってきて、吹き飛ばされそうになってしまった。

「っとと……風圧だけでこの威力か。失敗してたら確実に死んでたな」

「ちょっ、いま何やったんですかっ⁉」

「詳しいことはリザードマンエリートを倒してからだ」

美里が物凄《ものすご》い勢いで問い詰めてきたが、まずは敵を片づけるべきだといったん落ち着かせる。

「ッ⁉」

「はああああああっ！」

武器を失ったリザードマンエリートへ、天野が躍りかかった。

先ほどは槍で防がれたが、今度こそその斬撃が巨漢の胴部に叩き込《こ》まれる。

「シャアアアアアアアアアアッ⁉」

怒りのあまり理性を失っていたのかもしれないが、槍を投げ捨てたのは結果的に悪手だったな。

天野の連撃を前に、リザードマンエリートはもはや成す術がない。

やがて断末魔の雄叫びと共に、巨体が地面に倒れ伏す。

「ふぅ……なかなかの強敵だったな！　にしても、穴井、さっきは一体何をしたんだ⁉」

「そうですよ！　急に槍が空中で消失したように見えたんですけど……っ！」

「あなりん、マジで死んだかと思ったじゃん！」

「待て待て。まだ終わってないぞ」

リザードマンエリートを倒していったん落ち着いたかと思いきや、すでに近くまで第二陣が迫ってきているのだ。

「っ、背後から新手が……っ！」

「こいつらも片づけないと。そりゃ」

ずどんっ！

先頭にいたリザードマンの頭が消失した。我ながら完璧《かんぺき》なヘッドショットだ。

「「「えっ⁉」」」

「もう一体っと」

ずどんっ！

また別のリザードマンの、今度は腹部に大穴が空く。

ずどんっ！　ずどんっ！　ずどんっ！

第二陣といってもせいぜい十体くらいで、リザードマンエリートもいなかったので、俺一人でも簡単に全滅させることができたのだった。

そしてマップを確認しながら告げる。

「よし、これでひとまずダンジョン内に入ってきたリザードマンは、全部倒せたみたいだぞ。……ん？　どうしたんだ？　そろって呆《ほう》けたような顔をして」

「ええと、そうだな……たぶん【穴掘士】としての能力だと思うんだが……」

その後、天野たちにめちゃくちゃ問い詰められたので、俺は簡単に説明したのだった。

「やっぱり土を掘るだけのジョブじゃなかったんだな！　魔物まで倒せるなんて！」

「しかも離れててもいいとかすごいじゃん！　素手だし！　それでハズレとか、判定したやつ、マジでセンスないっしょ！」

「まぁ穴の中でしか使えないからな」

残念ながらダンジョンの外では無力なのだ。

「ですが、リザードマンを瞬殺できるとなると……丸くん、今レベルはいくつですか？」

「レベル？」

「ジョブのレベルです」

「え、ジョブにもレベルがあるのか？」

「それも知らないのですか……」

どうやら【穴掘士】もレベルアップするらしい。美里に呆《あき》れられてしまう。

だってジョブを鑑定してもらった後、すぐに王宮を出てしまったから、誰にも教えてもらっていないのだ。

「となると、ステータスも見たことないようですね。ちなみにこれはステータスを測定するためのアイテムです」

そう言って、美里が袋から取り出したのは、スマホくらいのサイズの石板のようなものだった。

「へえ、そんなものがあるのか」

「はい。勇者には漏《も》れなく全員に配られているはずなんですけど」

「もちろん貰《もら》ってないぞ」

どうやら貴重なアイテムらしく、さすがに外れ勇者に渡すほどの在庫はなかったのだろう。

「一度これでステータスを調べてみてください」

しかし詳しく聞いてみると、ジョブのレベルというのは魔物を倒さないと上がらないらしい。

「じゃあまだレベル1じゃないか？　魔物なんて全然倒してないし……」

なにせ先ほどリザードマンを倒したのが、ほぼ初めてのようなものなのだ。

そう思いながら石板を手にすると、そこに文字が浮かび上がってきた。

【穴掘士】レベル24

「ん？　これ、壊れてないか？」

石板に表示されたレベルに、俺は首を傾《かし》げる。

「どういうことですか？」

「レベル24ってなってるんだが」

「「「24っ⁉」」」

天野たちが一斉に驚く。

「レベル24だって⁉　オレたちだってまだレベル19だぞ⁉」

「いや、きっと誤表示だって」

「ちょっと貸してみてください。……いえ、壊れてませんよ。ちゃんと正しい数値が表示されています」

美里が確かめたところ、どうやら壊れていないらしい。

俺はもう一度、石版を手にしてみる。

【穴掘士】レベル24

「やっぱりレベル24だな。ええと、続きは……」

HP：C
MP：E
力：B
耐久：C
敏捷：C
魔力：E
運：B

「こ、このステータス評価は……っ⁉」

「【剣聖】のオレよりも高いぞ⁉」

「そうなのか？　じゃあ、本当にレベル24ってことか⁉」

「ですが、レベルで上回っているとはいえ、【穴掘士】が【剣聖】を凌駕《りょうが》するとは……もしかすると、スキルによる補正があるのかもしれません」

さらに続きを見てみる。

スキル：〈穴弁慶〉〈洞窟掘り〉〈土消し〉〈土硬化〉〈一心不乱〉〈暗視〉〈暗所耐性〉〈閉所耐性〉

〈方向感覚〉〈穴戦士〉〈穴塞ぎ〉〈遠隔掘り〉〈体力馬鹿《ばか》〉〈無手掘り〉〈地上感覚〉

〈高速穴移動〉〈穴掘り隊長〉

「スキルたくさんありますね⁉」

「いつの間に覚えたんだ？　……そういえば、遠隔掘りとか、急にできるようになったっけ」

「きっと知らないうちに習得していたんですよ……詳しいスキルの説明も見てみましょう」

どうやらスキルの性能についても確認できるらしい。

〈穴弁慶〉自分で掘った穴の中にいる限り、ステータス上昇。スキル効果上昇。

〈洞窟掘り〉洞窟を掘る技術。土の硬さをほぼ無視して掘ることが可能。


「恐らくこの〈穴弁慶〉というスキルの効果で、ステータスが上がっているのだと思います」

「だから外に出ると弱くなるのか」


〈土消し〉掘ったときに出る要らない土を消すことができる。

〈土硬化〉柔らかい土を硬くすることで、穴の強度を増すことが可能。

「なるほど。土がどこかに行っちゃうのは、この〈土消し〉っていうスキルのお陰だったんだな。いちいち外に運び出さないで済むから便利なんだよ」

〈穴戦士〉自分で掘った穴の中にいる限り、全ステータス大幅上昇。
〈高速穴移動〉自分で掘った穴の中にいる限り、移動速度が大幅上昇。
〈穴掘り隊長〉穴掘りを命じた者たちの、穴掘り能力を高める。

〈穴戦士〉もステータス上昇に大きく貢献しているようだ。そしてダンジョン内を速く移動できるのは〈高速穴移動〉の効果だろう。

そして俺の作り出した魔物たちが、やけに穴掘りが上手かったのは、この〈穴掘り隊長〉というスキルが影響しているようだ。

「普通、こんな短期間でここまでのスキルは習得できないですよ？　私もまだ七つしかスキルありませんし……」

スキルというのは、ジョブに関連した特定の行動を繰り返し行ったりすることで、習得できるものらしい。

俺はただひたすら穴を掘り続けていただけだったが、それが功を奏したらしく、いつの間にか色んなスキルを獲得していたようだ。

「スキルの方は分かったけど、レベルは何で上がったんだろうな？　魔物なんて、全然倒してないのに……」

先ほどリザードマンを何体か倒しただけで、ここまで上がったとも考えにくい。

とそこで、ハッとした。

「もしかして……アズが魔物を倒すと、経験値が俺にも入ってきている……？」

それなら知らない間に、【穴掘士】としてのレベルが上がっていたのも頷ける。

最前線で戦ってる天野たちより俺のレベルが高い理由なんて、それしか考えられなかった。

「アズだけじゃないかもな。従魔たちが魔物を倒すと、その分もレベルアップするのかも……」

まぁその辺の検証は後回しだ。

ダンジョンに誘き寄せたリザードマンたちは全滅させたが、まだ砦には結構な数が残っている。

「おっ、一気に大戦力で攻め込んできたぞ」

いつまで経《た》っても仲間たちが戻ってこないことを不審に思ったのか、これまでにない数でダンジョン内に突入してきた。

砦で待ち構えていればいいだろうに、わざわざ敵のテリトリー内に踏み込んでくるのは、正直あまり賢明とは思えないが。

「どれくらいの数ですか？」

「今までの倍以上、ざっと六十〜七十体はいるな」

「きっとその中にはリザードマンエリートもいるはずですし……なかなか大変そうですね」

「じゃあ敵の数を上手く分散させてしまおう」

「……どういうことですか？」


ダンジョン内を進むリザードマンの大群。マップを確認していれば、その動きが手に取るように分かる。

「この辺りだな」

天野たちと別れて、俺は一人、新たな通路を掘り進めていた。

そうしてちょうどリザードマンの縦列に突っ込んでいくような位置で、通路と通路を繋げてみせた。

「「「～～～～ッ⁉」」」

いきなり横壁から現れた俺に驚くリザードマンたち。

俺はすかさず近くにいる数体の身体を掘って絶命させると、すぐに今掘ってきた通路へと引き返す。

「「「シャアアアアッ‼」」」

憤ったリザードマンたちがまんまと後を追いかけてきたので、足元を足つぼの地面に変えてやった。

「「「ッ⁉」」」

「おお～、痛がってる痛がってる。あんまり健康状態がよくないのかな？」

そのまま走って移動し、再び新たな通路を掘っていく。

そうしてまたリザードマンの縦列途中に道を繋げると、そこにいたリザードマンたちを攻撃して、すぐさま退散する。

これを繰り返していると、リザードマンの群れはあっという間にバラバラになってしまった。

マップで確認してみても、奴《やつ》らの混乱ぶりが分かるほどだ。

一方、天野たちはリザードマンの群れの先頭が進んだ先に待ち構えている。

そこまで辿《たど》り着けそうなリザードマンは少数だし、念のため戦闘にも役立つチンチライオンを何体かサポートとして置いておいたので、十分に対処できるだろう。

「問題はリザードマンエリートだな。マップだとどこにいるか分からないし」

「「「わうわう！」」」

とそこへ、数匹のポメラハウンドたちが駆け寄ってくる。

「リザードマンエリートを見つけた？」

「「「わう！」」」

「先頭集団と、一番後方の集団にそれぞれ一体ずつだって？」

「「「わう！」」」

身体が小さくて賢いポメラハウンドたちを、偵察部隊として放っておいたのである。

動きも素早いので、リザードマンに捕まることなく、群れの中を駆け抜けてきたようだ。

「よしよし、よくやったぞ」

「「「くぅん」」」

ご褒美に身体中を撫で回してやると、嬉《うれ》しそうに尻尾《しっぽ》をぴょこぴょこ振りながらごろんと横になるポメラハウンドたち。

「先頭の方は天野たちに任せるしかないな。俺は後方のやつを片づけるか」

そうして俺はぐるっと迂回して、リザードマンたちの最後尾へ。

「いた。あいつだな」

手下のリザードマンたちを怒鳴りつけている、ひと際体格の良いリザードマンを発見する。

どうやらかなり苛立《いらだ》っているようだ。

俺はそのリザードマンエリートに接近していく。

「シャアアアッ!!」

こちらに気づいたようだ。

即座に踵《きびす》を返し、迫りくるリザードマンエリートから逃げ出す俺。

スキルの効果もあり、俺が全力で走れば軽く引き離すことができるのだが、あえてつかず離れずの距離を保つ。

「もう少しバラけさせてから……」

足が速いリザードマンエリートと、配下のリザードマンたちの距離が十分に離れたのを確認してから、俺は床にトラップを作り出した。

「トランポリンだ」

「〜〜〜〜〜〜〜ッ!?」

急に地面がトランポリンに変わったので、リザードマンエリートは盛大にスっ転んだ。

ぼよんぼよんぼよん！

そのまま何度もバウンドしながらこっちに飛んでくる。

初めてのトランポリンに上手くバランスを取ることができず、隙だらけな姿を晒しているトカゲの魔物に、俺は掘削攻撃を放った。

ずどんっ！　ずどんっ！

二連発。狙《ねら》ったのは両脚だ。

「ブギイイイイッ⁉」

足を破壊して機動力を奪ってしまえば、いくらリザードマンエリートといえど、もはやこっちのものである。

「一撃じゃダメか。さすがに頑丈だな」

だが生憎《あいにく》とリザードマンエリートの足に、風穴を開けるまでには至らなかった。鱗に護られていることもあって、防御力が高いのだろう。

それでも足にダメージを負ったリザードマンエリートは、慣れないトランポリンの上ということもあって、まともに移動することすらできない。

槍を振り回しても、十分な距離を取っている俺には届かなかった。

俺は一方的に掘削攻撃を連発した。

「～～～～～～ッ⁉」

確かに頑丈ではあるが、それでも攻撃のたびに鱗や肉が弾《はじ》け、血が噴き出し、リザードマンエリートはどんどんダメージを負っていく。

「「「シャアアアッ!!」」」

「味方が追いついてきたか」

「「「～～～ッ!?」」」

「……ひっくり返ってるし」

追いかけてきた通常リザードマンたちが、トランポリンで次々と転んで宙を舞う。

何とも間抜けな光景だが、さすがに俺一人で全員を相手するのは骨が折れる。

そこで俺は、チンチライオンを作り出して戦力を増強することに。

幸いリザードマンを大量に倒したことで、かなりポイントが貯まっている。

「「「にゃあああああっ！」」」

外壁から続々と姿を現したネコ科の魔物たちが、トランポリンに苦戦しているリザードマンに躍りかかった。

「「「～～～～ッ!?」」」

チンチライオンたちの爪《つめ》がリザードマンの身体を引《ひ》っ掻《か》き、鋭い牙《きば》が肉を抉《えぐ》る。

モフモフの可愛らしい見た目だが、やはり戦闘力が高い。

そうこうしているうちに、リザードマンエリートが力尽きる。


【穴掘士】がレベル25になりました。

スキル〈穴戦士〉が進化し、スキル〈穴騎士〉になりました。

さらにチンチライオンたちの活躍で、追ってきたリザードマンも全滅させることができた。

「よし、この勢いで、どんどんリザードマンをやっつけていくぞ」

「「にゃ～～っ！」」

それからダンジョン内をバラバラに行動するリザードマンを順次、仕留めていると、やがて天野たちと合流することができた。

どうやら彼らもリザードマンエリートを倒したようだ。

「えっ？　丸くんもリザードマンエリートと遭遇したんですか⁉」

「ああ。なんとか倒せたぞ」

「しかも一人で倒したんですか⁉　私たちは四人がかりだったんですけど……」

「いや、オレも従魔たちにも協力してもらったからな」

まぁリザードマンエリート自体は、ほとんど一人で倒してしまったが。

「やっぱりすごいな、穴井は！　オレももっと頑張らないと……っ！」

「あなりん、ドラゴン級でもおかしくないっしょ！」

天野と神宮寺が絶賛してくれるが、俺のこの強さはあくまでダンジョンの中だけである。

その後、天野たちはリザードマンの砦へと攻め込んだ。

あらかじめアンゴラージたちに調査させていたのだが、残っていたリザードマンはせいぜい十体程度で、全滅させるのにそう時間はかからなかった。

「「「わうわうわう！」」」

「もうこの砦内にリザードマンのにおいは残ってないって？」

「「「わう！」」」

念のため嗅覚の優れたポメラハウンドたちに調べさせたので、間違いない。

「ほんとに助かったぜ、穴井！　お陰で無事に任務を達成できた！」

「マジであなりんのお陰っしょ！」

「俺はちょっと力を貸しただけだって」

任務が完了したので、これから天野たちは冒険者ギルドに報告しに行くという。

「さすがに私たちだけの成果とするのもおかしいですよね。ただ、丸くんは冒険者登録してません
し……せめて相応の報酬だけでもお渡しさせてください」

「そんな気を使わなくてもいいぞ」

「いえ、そういうわけにはいきません。……この子たちをいただいたお礼もしなくちゃいけませんし」

「わう！」

とそこで、久しぶりに大石が口を開いた。

「ぼ、僕は穴井くんの状況を、王宮に伝えた方がいいかなと思っているのだけれど……」

「いや、それは絶対やめてくれ」

俺は即座に拒否する。

「え？　あ、う、うん……そ、そう、だよね……」

まさか一蹴されるとは思っていなかったのか、大石は頬《ほお》を引き攣《つ》らせながら頷《うなず》く。

「どうしてだ⁉　穴井が勇者として蔑ろにされている現状を、オレは友人として看過できないぞ！」

「あたしもあたしも！」

天野と神宮寺が訴えてきた。味方がいて、大石が少しショックから立ち直る。

「その気持ちは嬉しいが、やっぱりやめておいてほしい。アズが言っていたんだが、本来ダンジョンというものは、人間からは危険視されるものらしい。下手に伝えると、面倒なことになる可能性がある」

特にこのダンジョンは、この国の王都のすぐ近くにあるのだ。相手が本気でここを潰《つぶ》そうと考えたら、撃退できる気がしない。

「そうか……じゃあ、オレたちだけの秘密ってことだな！」

「それがいいかも！　なんかこういうの、ワクワクするし！」

イケメンとギャルのくせに、物分かりが良くて助かる。

「その代わり、何かあったらまた手伝ってやるからさ」

「それは助かります。もちろん丸くんの方も、いつでも私たちに頼ってくれていいですから」

「ああ、ありがとう」

そうしてドラゴン級の勇者たちを見送ったところで、隠れていたアズが姿を見せた。

「やっと帰ったわね！　二度と入ってこれないよう、この出入口を閉鎖しておくわよ！」

「おいおい、随分と勇者が苦手なんだな」

「特にあのオオイシとかいうやつ、前回会ったとき、ずっとあたしのことジロジロ見てたもの！」

「ああ、確かにあいつには気を付けた方がいい」

「ミサトとかいう女も、あたしをずっと睨《にら》んでたし！」

「美里が？　うーん、そんなことするやつじゃないんだが……」

「あとの二人も、暑苦しかったりテンション高かったりして苦手だわ！」

「全員じゃないか」

勇者だからというより、単純に人間として嫌っているだけかもしれない。

「とはいえ、確かに閉鎖しておいた方がいいかもしれないな」

最初に俺が穴を掘り始めた場所で、王都から最も近いダンジョンへの出入り口だ。

天野たちが入ってきたように、ここを放置しておくと、また誰かに見つかってしまう危険性が高い。

「閉鎖するってこと、天野たちに言っておけばよかったな。まぁ、仕方ないか」

直線通路だけはそのままにして、入り口部分だけ閉じておくことにしたのだった。

◇　◇　◇

「丸くんはああ言ってましたけど、ほとんどの国はダンジョンを滅ぼしたりはせず、そのまま放置しているか、騎士団などで管理していたはず……」

ダンジョンを後にした住吉美里《すみよしみさと》は、仲間たちに聞こえないよう、一人小さく呟《つぶや》いた。

凶悪な魔物の存在に苦しめられているこの世界にあって、各国の対応が比較的甘く思えるのは、ダンジョンの魔物が外に出ることがないためだ。

もしダンジョンから魔物が溢《あふ》れ出してくるのだとすれば、どの国ももっとダンジョンを危険視していただろう。

「それでもダンジョンが忌み嫌われているのは……過去に一つだけその例外があったから」

歴史上、唯一、危険度Sに指定された魔王とそのダンジョン。

ダンジョンで生み出された無数の魔物が、人類を絶滅の危機にまで追いやった、史上最悪の大災厄だ。

つまりそのダンジョンでは、魔物が外に出ることができたということ。

「そして丸くんのダンジョンは、それと同じ性質を持っているってことに……」

リザードマンの砦を攻略する際、モフモフの魔物たちが何度もダンジョンを出入りするのを目《ま》の当《あ》たりにしていた。

そもそも彼女自身が、まさに今、ダンジョンの外でポメラハウンドを胸に抱えているのだ。

「……確かに、秘密にしておくのが正解ですね」

「くうん？」

第四章 子供と商人と

五人の子供たちが洞窟の中に身を潜めていた。

「わ、わたしたち、大丈夫だよね……？　きっと、上手《うま》く逃げ出せたよね……？」

そのうちの一人が、今にも泣き出しそうな顔で訴える。年齢はせいぜい十歳くらいだろうか。

「しっ、喋《しゃべ》っちゃダメよ。いま声を出したら、あいつらに見つかっちゃうかもしれないわ」

それを小声で窘《たしな》めたのは、また別の少女だ。

子供ながら気の強そう印象だが、しかし本当は恐怖に押し潰《つぶ》されそうになっているようで、身体がガタガタと震えている。

「ねぇ、この穴、ずっと奥まで続いてる。もっと奥に行ってみたい」

そう提案したのはまた別の少女。

彼女も十歳かそこらに見えるが、この状況下にあって達観したように落ち着いていた。

「……で、でも、何かの魔物の巣かもしれませんよ？」

「あいつらに見つかるくらいなら、魔物に食べられる方がマシ」

「あっ、待ちなさい……っ！　……し、仕方ないわねっ、みんな行くわよっ」

意を決し、全員で洞窟の奥へと進んでいく。

このときの彼女たちはまだ知らなかった。
ここが恐ろしいダンジョンであるということを。

◇　◇　◇

リザードマンを大量に倒したことで、ポイントもたくさん入ってきた。
それを消費していると、

『おめでとうございます！　レベルアップしました！　新しい機能が追加されました』

レベル6になったみたいだ。

ステータス
マップ
迷宮構築
魔物生成
トラップ設置
フィールド変更

魔物強化
迷宮構築Ⅱ

「迷宮構築Ⅱ？」
新しく追加された項目に、俺《おれ》は首を傾《かし》げる。

拡張（5）
光源（10）
トイレ（15）
風呂《ふろ》（20）
台所（25）
迷宮構築F（30）
迷宮構築G（40）
迷宮構築H（50）
迷宮構築I（100）
迷宮構築J（200）

どうやら迷宮構築に新しい内容が追加されたみたいだ。まだポイントは余っているので、早速、消費して作成してみることに。

すると迷宮構築Fは「寝室」であることが分かった。

「キングサイズのベッドだ。ふかふかだし、これはよく眠れそうだな」

迷宮構築Gは「玄関」で、鍵《かぎ》付きのドアを作り出せる優れものだった。

インターフォンも付いていて、これでダンジョンの防犯機能が向上した。

迷宮構築Hは「リビング」だ。

テーブルやソファなどが出現し、のんびりとくつろぐことができる。

「もう完全に家じゃないのよ……こんなダンジョン、あり得ないわ……」

「文句を言いながらソファでくつろぐなよ?」

アズはソファが気に入ったみたいだ。


『警告。ダンジョン内に侵入生物です。人間と思われる五人組です』


システムからの警告を受けて、俺は目を覚ました。

モフモフの魔物たちに囲まれ、作ったばかりのベッドの上で眠っていたのである。

「ふぁああ……」

欠伸《あくび》をしながら起き上がる。

基本的に常にダンジョンの中にいるため、時間の感覚がおかしく、今が何時なのかも分からない。

ここ最近ずっと眠くなったら寝て、目が覚めたら起きるという生活を送っていた。

学校に行かなくてもいいいし、異世界生活、意外と快適である。

「またあの勇者たちじゃないでしょうね？」

嫌そうな顔でアズが言う。

「ん～、どうだろう？　今、五人組って言ったしなぁ」

王都から最も近いところの入り口は閉鎖済みなので、もし彼らなら別の入り口から入ってきたということになる。

マップを確認してみると、王都からはかなり離れた場所にある入り口だった。

「なかなか動かないな？　ただの雨宿りとかだったり？」

侵入者を示す点は、入り口すぐのところでずっと止まっている。

もしかしたらこのまま帰ってくれるかもしれないと思い、しばらく様子を見ていたら、やがて奥に向かって進んできた。対応するしかなさそうだな。

俺は従魔たちを何体か引き連れて、その場所まで移動する。

アズも一緒だ。

「ちょっとどんな連中か、様子を見てきてくれ」

「ぷぅ！」

偵察としてアンゴラージが一匹、走っていく。

だがしばらく待ってみても、なかなか戻ってこない。

「もしかしてやられてしまったのか？　いや、マップ上にまだいるな。というか、侵入者たちと一緒にこっちに向かってきてる？」

「捕まってしまった可能性があるわね。戦闘力は皆無だけど、あの素早いウサギを捕らえるなんて、並の相手じゃないかもしれないわ。気を付けないと」

「そうだな」

アズの言葉に頷《うなず》き、場合によってはトラップを使って相手の行動を上手く阻害してやろうと身構えていると、

「ぷぅぷぅ」

「ついてこいって言ってるよ！」

「ぷぅぷぅ」

「モフモフしてるし、鳴き声だってこんなに可愛《かわい》い。やっぱり悪い魔物じゃないと思う」

「で、でも魔物は魔物だし……っ！　私たちを巣穴の奥に誘《おび》き寄せて、それから食べようとしてるのかも……っ！」

「ちょっと、怖いこと言わないでよ！」

「ぼぼぼ、ぼく、食べられたくないよっ……」

聞こえてきたのはアンゴラージの鳴き声と、複数の声である。

「子供の声？」

思わず警戒を解いて待っていると、現れたのはやはり子供ばかりの五人組だった。

年齢は十歳前後といったくらいか。全員が女の子だ。

「っ……だ、誰《だれ》かいます！」

「まさか追手がこんなところまで⁉」

「……たぶん違う。わたしたちより先にいるとは思えない」

一人の女の子が、決死の顔をして前に出てくる。

「かかか、彼女たちに手を出すつもりなら、ぼぼぼ、ぼくを倒してからにしろ……っ！」

何とも勇ましい台詞《せりふ》だが、声と身体が震えまくっていた。

「ええと、そのつもりはないから安心しろ。それより子供だけか？　お父さんやお母さんはどうしたんだ？」

俺の問いがおかしかったのか、五人は互いに顔を見合わせた。

そして真面目《まじめ》そうな感じの女の子が、代表して答えてくれる。

「……私たち全員、お父さんも、お母さんも、いないです」

どうやらあまり聞いてはいけないことを聞いてしまったらしい。

この異世界では、珍しいことではないのかもしれないが。

「そうか。教えてくれてありがとう。そうだな……まずは安心してもらった方がいいか。俺の名はマルオ。異世界から召喚された勇者だ。……ただ、訳あって、今はこうして地下で生活している」

「「「勇者⁉」」」

もしかしたらと思って口にしてみたのだが、勇者という言葉に、思っていた以上に強く反応する子供たち。

「お兄さん、勇者なの……っ？」

「すごい、勇者さんに初めて会っちゃった！」

「本当にいるなんて驚き」

この世界の子供たちにとって、どうやら勇者は憧《あこが》れの存在らしい。

すっかり警戒心を解いてくれた彼女たちに、俺は問う。

「それで、何でこんなところに——」

どさり。

誰かが突然、地面に倒れ込んだ。先ほど俺の質問に答えてくれた子だ。

「「「シーナ……っ！」」」

子供たちが一斉に駆け寄る。

「だ、だいじょう、ぶ……です……」

消え入りそうな声で、気丈にもそう告げる少女。

薄暗くてよく見えなかったので、俺は近くに光源を作り出した。

「っ……怪我《けが》をしているのか」

明るくなったことで、その少女の腹部あたりに血が滲《にじ》んでいるのを発見する。

よく見ると顔色も悪く、ここまでかなり我慢していたのだろう。

「アズ、回復魔法は使えるか？」

「あたしはできないわよ」

「そうか……じゃあ、医者に診せにいくしか……」

そもそもこの異世界に医者などいるのだろうか。

回復魔法で治療するのなら、教会とか？

どれくらいのお金が必要かも分からない。明らかにこの子たちがお金を持っているとは思えないが、幸い俺には王宮から貰《もら》った軍資金がある。

「いや、待てよ。もしかしたらあれを使えば……ちょっと奥に行くぞ。おい、お前たち」

「わうわう！」

「くるるる！」

「にゃあ！」

「「「モフモフがいっぱい⁉」」」

連れてきた従魔たちの背中に子供たちを乗せ、ダンジョンの奥へと引き返した。

やってきたのは畑や果樹園、それに養殖場などがある生活拠点だ。

「ねぇ、向こうに畑があるよ！　あっちは木が生い茂ってるし！」

「お堀もあるじゃん」

「広〜い！」

他の子たちが驚いている中、壁に設置されている扉から部屋の中に。

そこは台所とリビングになっていて、俺は怪我をした少女をソファの上に寝かせた。

「これで治るか分からないが……」

取り出したのは薬草。実はうちの畑で採取したものだ。

どうやら野菜だけでなく薬草も勝手に生えてくるらしいのである。

一応、薬草であることは確認済みだが、まだ一度も使ったことがなく、どの程度の治癒効果があるのかも分かっていなかった。

子供を被験者のようにしてしまうのは気が引けるが、今は状況が状況なので仕方ない。

怪我をした部分にその薬草を当ててみる。

元の世界だと煎じたりすりおろしたりしなければならないはずだが、ファンタジー系の異世界だから、これでも効果があるらしい。

すると少女の傷口が少しずつ修復していく。顔色も見る見るうちによくなっていった。

どうやら上手くいったみたいだ。

こんなに簡単に傷が治るなんて、さすがファンタジー世界だな。

「あれ？　痛くなくなりました……？」

あっという間に傷が癒え、少女が目をぱちくりさせる。しかもすぐに身体を起こせるくらい、元気になったようだった。

一安心したところで、彼女たちが順番に自己紹介してくれた。

「助けていただいて、本当にありがとうございますっ。私はシーナですっ」

丁寧に頭を下げてくるのは、腹部を怪我していた子だ。

一応この中では最年長の十一歳らしい。

栗色《くりいろ》の髪と青い目を持ち、真面目そうな印象の少女である。

「ミルカよ。よろしく」

子供なのにやけに落ち着いていて、クールな印象のある子は、十歳のミルカ。

金髪に碧眼《へきがん》、そして子供とは思えないほど端正な顔立ちをしていて、耳の先がかなり尖《とが》っている。

もしかしたらエルフかもしれない。

「ぼ、ぼくは、ノエルっていいます……」

ミルカと同い年で、臆病そうな感じの子がノエル。

綺麗《きれい》な銀色の髪をしていて、すらっとした身体つきで身長も高い。

ずっとビクビクしているが、先ほどは四人を守ろうと前に出てきたし、勇敢なところもあるのだろう。

「リッカだよ、勇者のお兄ちゃん！　よろしくね！」

明るく元気な、桃色の髪の少女はリッカ。

人懐っこい感じの女の子で、年齢はまだ九歳らしい。

「……あたしはマインよ」

最後の一人が、少し勝ち気な雰囲気を持つ十歳の少女、マインだ。

黒髪黒目で、西洋人顔が多いこの異世界にあって、比較的アジア人系の顔立ちをしている。

同年代の中でも少し小柄な方だろうか。

「シーナ、ミルカ、ノエル、リッカ、それにマインだな。それで五人とも、どうしてこの洞窟にいたんだ？」

と、俺が疑問を投げかけた、そのとき。

ぐううううう。

シーナのお腹《なか》から、そんな音が鳴った。

「お腹が空《す》いてるのか？」

「うぅ……は、はいです」

恥ずかしそうに頷くシーナ。

しかし空腹なのは彼女だけではなさそうだった。

よく見ると全員かなり痩せている。身に着けている衣服もみすぼらしいし、恐らくロクなものを食べていないのだろう。

「じゃあ、まずはご飯にするか」

幸いこのダンジョンには食料が豊富だ。

あれから畑で野菜が収穫できるようになったし、養殖場でもすでに魚が釣れるようになっていた。

本当に種すら植えてないのに色んな野菜が生えてきて、養殖場にもどこからともなく魚が現れ、悠々と泳ぐようになったのである。

それらの食材を台所で調理する。といっても、俺はあまり料理が得意ではないので、適当に切って鍋にぶち込むだけだ。

「アズ、作っている間、お風呂に入れてやってくれ」

「何であたしが⁉」

「他にいないだろ。俺以上に料理できないんだし」

魔界にはお風呂の文化そのものが存在しないようで、当初は怪訝《けげん》そうな顔をしていたが、一度入ってからその気持ちよさにハマってしまったのか、最近は毎日のように入っていた。

「はぁ、仕方がないわね」

溜息《ためいき》を吐《つ》きつつも、大人しく命令に従うアズ。子供たちを連れて、お風呂専用に掘った部屋に入っていく。

「すごい、こんなとこにお風呂だ！」

「でもお湯はどこから？」

「えっ、ここからですか？　わっ、ほんとですっ！」

しばらくすると驚く声が響いてきた。

と同時に、誰かがこっちに戻ってくる。銀髪少女、ノエルだ。

「どうしたんだ？　みんなと一緒にお風呂に入らないのか？」

「あ、あの……それが、その……」

「ん？」

首を傾げる俺に、ノエルは申し訳なさそうに告げた。

「ぼ、ぼく……男、なんで……」

マジか。てっきり女の子とばかり思っていた。

なるほど、だからあのとき怯《おび》えながらも、四人を守ろうと立《た》ちはだかったんだな。

男らしいのは男だったからか。

しかし改めてよく見てみても、美少女にしか見えない。

これが本物の男の娘というやつか……。

「悪いな。髪が長かったから、ついそうかと」

「だ、大丈夫です……その、よく間違えられるので……」

まぁそうだろうな。

「じゃあ、お風呂はみんなが上がってきてからだな」

「は、はい」

それからしばらくして、髪も身体もすっかり清潔になった女の子たちが戻ってきた。

アズが洗って魔法で乾かしてくれたらしく、服も少し綺麗になっている。

「お風呂、気持ちよかったです……っ！」

「シーナ、久しぶりに臭くない」

「何で私だけ⁉　ミルカちゃんも臭かったじゃないですか！」

というか、こうして見ると改めて美少女ばかりだな。

王都を何度か歩いているが、異世界だからといって、決して美男美女ばかりというわけではない。

見目の優れた子ばかりが、街から離れた入り口からこのダンジョンに入り込んでしまうことになった背景には、恐らく相応の事情があるのだろう。

交代でノエルがお風呂に向かう一方、女の子たちは匂《にお》いに釣られたのか、鍋を煮込む俺のところに集まってくる。

「すごく美味《おい》しそうな匂いがするよ！」

「じゅるり……」

「ミルカちゃん、涎《よだれ》が出てます……」

「それは気のせい」

「どう見ても出てるでしょうが」

やがてノエルが戻ってきた頃には、ちょうど具材の方も良い感じに火が通っていた。

「さあ、召し上がれ」

「ほ、本当に、食べていいんですか……？」

シーナが恐る恐る訊いてくる。

本人は気づいていないかもしれないが、口の端からは薄っすらと涎が垂れていた。

俺は苦笑しながら、

「ああ。むしろ食材が余ってて、食べ切れないくらいあるからな。好きなだけ食べていいぞ」

「わーい！　お兄ちゃん、大好きーっ！」

明るく先陣を切ったのはリッカだ。他の四人もすぐ後に続く。

「「「うまああああああああああああああああっ⁉」」」

そして口に運ぶや否や、絶叫した。

「な、なにこのお野菜っ、めちゃくちゃ美味しいですっ⁉」

「このお魚もすっごく美味しいよ！」

「というか、ぜんぶ美味しいっ……」

「……こんなに美味しいの、食べたことない」

「はぐはぐはぐっ……」

ふっふっふ、そうだろうそうだろう。うちのダンジョンで採れた食材は、めちゃくちゃ美味《うま》いのだ。

畑で収穫した白菜や大根、長ネギ、かぼちゃ。それに養殖場で釣り上げた魚。

採れたてということもあるだろうが、どれも驚くほど美味しくて、元の世界であっても一級品と言えるようなレベルだった。

この異世界基準だと、それどころではない。

なにせ王都の市場で手に入る野菜などは、鮮度も悪く、味もイマイチなのだ。魚に至っては、ほとんど腐りかけで、もはや食べられるようなものではない。

恐らくこのダンジョン産の食材を王都で販売したら、めちゃくちゃ稼げるはずだ。

フィールド変更によって畑も養殖場も無限に増やすことができるし、収穫量も問題ない。

「食材のお陰で、ほとんど味付けなんてしなくても美味しいからいいよな。そもそもこの世界、ロクな調味料なんてないし」

ちなみに子供たちは喋ることも忘れ、ひたすら食べ続けている。味もそうだが、きっとお腹が空いていたのだろう。

「まぁ食事が要らない誰かさんまで食べまくってるけどな?」

「はぐはぐはぐっ……え?」

アズだ。

俺のジト目に気づいて、恥ずかしそうに顔を背《そむ》ける。

「べ、別にいいじゃないのよ⁉　あたしも収穫を手伝ってあげたんだし!」

「畑なんて要らないと言っていたのは誰だったか」

結構な量を用意したつもりだったが、子供たち(+アズ)はあっという間に食べ尽くしてしまった。

「「「美味しかったぁ……」」」

「果物もあるぞ」

「「「果物まで⁉」」」

果樹園からはリンゴや桃、ブドウなどが収穫できるようになっていた。

「「「ん~~~~~~~~~~~~~~~~~~っ‼」」」

幸せそうに果物を食べる子供たち。

「すっごく甘い!　果物ってこんなに美味しいんだ!」

「食べたこと一度だけあるけど、ここまでじゃなかった」

「うぅ……こんな美味しいものを食べれるなんて、生きててよかったですぅ……」

果物は高級品だからか、今までほとんど食べたことないようだ。

感動で泣き出してしまった子もいた。

そうしてお腹が膨れ、すっかり警戒心もなくなった彼女たちに、俺は先ほど聞けなかったことを改めて訊《たず》ねた。

「何で子供だけでこの洞窟に？」

「実は……」

最年長のシーナが代表して教えてくれたことによると。

どうやら彼女たちは身寄りのいない孤児らしい。しかし元々面識などなく、それぞれ別々の街で暮らしていたところを、見知らぬ大人たちに攫《さら》われたという。

「……それは奴隷商でした。各地で私たちみたいな子供を捕まえて、奴隷として売り払うそうです」

それで全員が見目の優れた少女たちなのだろう。

一人、男の娘がいるが。

「私たちはその中でも選抜されて、王都の地下競売にかけられる予定だったようです。馬車が引く檻《おり》に入れられて……。ただ、夜中に警備に隙ができた瞬間を見計らって、みんなで逃げ出したのです」

逃げるところまでは上手くいったという。

しかしすぐに逃げたことがバレてしまい、追手が迫ってきた。

それをどうにか一度は撒《ま》いたものの、子供だけの集団だ。大人の集団からいつまでも逃げ続けることは難しい。

そんなときに、運良く身を潜められそうな穴を見つけたのだという。

「まさかその穴の奥に、お兄さんがいて、こんな場所まであるとは思わなかったです。私の怪我も治してくれましたし……本当に幸運でした。実は途中まで魔物の巣じゃないかと、ビクビクしてたんです」

「ね！　ましてやダンジョンじゃなくてよかった！」

安堵《あんど》したように言うのはリッカだ。

いやここ、ダンジョンなんだけどな？

まぁいい感じで勘違いしてくれてるし、あえて言わなくても——

「なに言ってんのよ？　ここはダンジョンよ？」

「「「え？」」」

……アズが空気を読まずに言ってしまった。

「残念ながら全然そうは見えないけど！　だいたい子供がこんなにまったりしているダンジョンとか、どういうことなのよ！」

しかも勝手に激怒している。

「今の今までその子供と一緒に、美味しそうにメシを食ってたのはどこのどいつだ？」

「うっ……」

シーナが恐る恐る訊いてくる。

「あ、あの……冗談、ですよね？」

ここで嘘《うそ》を吐くよりも、しっかり説明しておいた方がいいだろう。

幸い頭のいい子たちだし。

俺はそう判断して、真実を話すことにしたのだった。

「いや、ここは本当にダンジョンなんだ」

◇◇◇

「おい、まだ見つからねぇのか！　ったく、いつまで時間かかってんだよ！　こういうときのためにてめぇを雇ってるんだろうが！」

「す、すいやせんっ……なかなか、痕跡が見つからず……」

みすぼらしい格好の男が、雇い主に怒鳴られていた。このままではマズいと、男は目を血眼にして辺りを懸命に見回す。

「（つーか、そもそもこういう人間の捜索は苦手なんだよっ……）」

【斥候】のジョブを持つ者ならともかく、彼のジョブは【シーフ】だ。

気配を消して家屋などに忍び込み、希少な物品を探し当てるのが本職で、逃げた人間を追うのはあまり得意ではない。

この世界において、ジョブを与えられた者は、それだけで神に祝福されたエリートだ。

しかしその中には、逆に世間から忌み嫌われるジョブもあった。

その一つが【シーフ】である。

このジョブを持つことを知られたら、なかなかまともな仕事に就くことができない。

実際に盗賊になる者や冒険者になってダンジョン攻略などに貢献する者も少なくないが、彼は違法な商売を行う組織などに、その技能を売ることで生計を立てていた。

「っ……これは……」

とそこで、ようやく彼はそれらしき痕跡を発見する。

それは小さな足跡で。

「この大きさは明らかに子供のサイズ……あの穴に続いているな」

◇　◇　◇

「いや、ここは本当にダンジョンなんだ」

「えっ……で、でも、ダンジョンは魔物がたくさんいる、恐ろしいところだって……」

「一応、魔物もたくさんいるぞ。……モフモフなのが」

「ぷぅ！」

「わう！」

「くるる！」

「にゃあ！」

「「この子たち魔物なんですか⁉」」

どうやら魔物だとは思っていなかったようだ。

さらに俺はモフモフたちを大集合させる。

「「「「「ぷぅぷぅぷぅ」」」」」

「「「「「わんわんわん」」」」」

「「「「「くるるるる」」」」」

「「「「「にゃあにゃあ」」」」」

「「しかもめっちゃいる⁉」」

集まったのは、二百体を超える従魔たちだ。

どの子も例外なくモフモフなので、こうして集結すると自分たちが雲の上にでもいるのではないかと錯覚してしまう。

しかもこれで全部ではない。スモークトレントは移動が遅いのでダンジョンの各所に配置したまだし、ダンジョンの拡張作業や魔物の誘引のために地上に出ている従魔たちも呼んでいない。

合計するとすでに三百体近い魔物がいるだろう。

「お風呂や畑もあるし、どんなダンジョン？　聞いたことない」

ミルカが少し呆《あき》れたように訊いてくる。

「正直、俺にもよく分からないんだよ。ダンジョンマスターの性質によって、どんなダンジョンを作れるかが変わってくるらしいんだが……」

勇者として異世界から召喚された後、偶然ダンジョンコアを見つけ、ダンジョンマスターになってしまったことを彼女たちに話してみた。

「じゃあ、お兄さんは勇者でありながら、ダンジョンマスターってこと⁉　すごいじゃん！」

リッカが手を叩《たた》いて絶賛してくれる。

「まぁ、いま流行《はや》りの二刀流ってところだな」

「「……二刀流？」」

どうやら二刀流は通じないらしい。それはそうか。

「えっと……その、この子たちは、どうやって生まれてくるんですか……？」

ノエルがおずおずと質問してくる。

「ダンジョンポイントっていうのがあって、それを消費することで生み出すことができるんだ。……こんなふうに」

ポメラハウンドを作成すると、壁からぬっと四つ足が生えてきた。

「「っ⁉」」

「壁から生まれてくるんだよ。どこから出てくるかは毎回違って、お尻《しり》からのときもあれば頭からのときもある」

「しゅ、シュールですね……」

ぽろりと床に転げ落ちたポメラハウンドは、すぐに立ち上がって「わう！」と鳴いた。

野生動物は生まれてすぐ立ち上がるというが、ここで生まれた魔物はその瞬間から動き回ることができる。


『警告。ダンジョン内に侵入生物です。人間と思われる四人組です』


そのとき再びシステムからの警告。

「また誰か入ってきたみたいだな。四人組ってことは、天野《あまの》たちか？　いや……これは、さっきと同じ場所？」

子供たちがダンジョンに入ってきたのと同じ出入り口からの侵入者だ。

「それって……まさか、追手が……っ!?」

シーナが青い顔をして叫んだ。

◇　◇　◇

「あのガキども、こんなところに逃げ込みやがったのか」

忌々しげに舌打ちしながら、人相の悪い男が吐き捨てた。

奴隷商人を生業としている彼は、商品を連れて王都に向かっているところだった。

しかし夜中にその商品が脱走。お陰で大捜索する羽目になってしまったのである。

散々捜し回った結果、見つけたのは大木の幹に隠れるように空いた大きな穴だ。

子供のものと思われる足跡が残っているし、この中に逃げ込んだとしか考えられない。

足を踏み入れてみると、入り口から想像していた以上に広い穴だった。

天井《てんじょう》も高く、大人でも余裕で立って歩くことができる。

ランタンで奥を照らしてみると、どうやらかなり先まで続いているようで、むしろ洞窟と言った方がいいかもしれない。

「おい、お前、先に行け」

「えっ、俺がっすか?」

最近雇ったばかりの男を先に行かせることにした。【シーフ】のジョブを持つ男だが、残念ながら思っていたよりも使えない人間だった。それも相まって、イライラが募る。

「当然だろ！　ダンジョンだったらどうするんだ！」

「(その場合はとっくにガキども死んでると思うけどな……)」

嫌そうな顔をする男を怒鳴りつけ、奥へと進んでいく。他にも三人の護衛をつけているので、五人での探索だ。

「かなり広いっすね……マジでダンジョンかも……」

先頭を恐る恐る進みながら、【シーフ】の男が呟《つぶや》いたときだった。

「っ……なんか奥にいるぞ?」

「ガキどもか！」

「いや……それにしては白くて丸いような……」

目を凝らしてよく見てみるが――


「ぷぅぷぅ」


「……やっぱり何の生き物かまったく分からん」

「だがなんかすごく可愛いのだけは分かる」

「鳴き声も可愛いぞ」

護衛たちがあれこれ言う中、奴隷商人の男が叫んだ。

「もしかしたら新種の魔物かもしれん！　少なくとも希少種なのは間違いない！　きっと高値で売れるぞ！　おい、捕まえろ！」

「ぷぅ⁉」

「あっ、逃げやがった！」

こちらの怒号に驚いたのか、謎《なぞ》の生き物が洞窟の奥へ逃走する。

男たちはすぐにそれを追いかけた。

「待ちやがれ！」

「おい見ろ！　一匹だけじゃない！　何匹もいるぞ！」

「ふははははっ！　こいつは怪我の功名だ！　ガキどものお陰で、まさかこんな鉱脈を発見してしまうとはなぁっ！」

奴隷商人の男が高らかに哄笑《こうしょう》した、そのときである。

「ん、一匹こっちに向かってくるぞ？」

「自分から捕まりにきたか！」

「なんか、他のよりちょっと大きいような……」

「いや、ちょっとどころじゃないっすよ⁉　ぶ、ぶつかっ――」


「ぷぅうううううううっ！」


「「ぎゃあああああああああっ⁉」」

巨大な謎の白い塊に猛スピードで激突されて、男たちは十メートル以上も吹き飛ばされてしまったのだった。

◇　◇　◇

「気絶してるな」

「ぷぅぷぅ」

「まとめてタックル一発だったって？　よしよし、よくやってくれたな」

「ぷぅ～」

侵入者の一報を受け、すぐに駆け付けたのだが、着いたときにはすでにビッグアンゴラージ（一段階強化済み）が対処してくれていた。

臆病でゴブリン相手にも逃げ出すアンゴラージと違い、上位種のビッグアンゴラージは戦力になる。

一段階の強化をしたこのビッグアンゴラージなら、危険度Ｄのオークを余裕で撃退できるほどだ。

「こいつらどうするかな？　奴隷商人って、この世界じゃ違法なのかもよく分からないし……まぁ外に放り出しておくか」

アンゴラージたちに手伝ってもらって、五人の侵入者をダンジョンの外へ運び出し、その辺に転がしておいた。

「この入り口を閉鎖しておけば大丈夫だろ」

一番近い他の入り口でもここからかなり離れているし、それを探すのは容易ではない。

この場所さえ土で埋めてしまえば、二度と入ってくるようなことはないはずだ。

「穴は消えてるし、目を覚ましたときにはそろって変な夢でも見てたと思うかもな」

子供たちのところに戻ると、一斉にこちらに駆け寄ってきた。

「お、お兄さんっ……だ、大丈夫でしたかっ⁉」

心配していたのか、みんな顔色がよくない。

「ああ、あっさり撃退してやったぞ」

「ほんとですか⁉」

「ダンジョンの外に放り出して、入り口も埋めておいた」

「やった！　じゃあ、もう追いかけてくることはないってこと⁉」

「そのはずだ」

よほど追手の存在が恐ろしかったのだろう、俺の報告に手を叩いて喜び合う子供たち。

「……み、見かけによらず強いのね」

「見かけには余計だ」

黒髪の少女マインが少し失礼な言い方をしたので思わず訂正したが、実際に戦ったのは俺じゃなかった。……あえて説明する必要はないが。

まぁ俺も戦えるけどな？

ただ俺の場合、攻撃にコントロールが利かないので、人間を相手にあまり戦いたくないのだ。

そんなことを考えていると、金髪の少女ミルカが近づいてきて、

「ねぇ、お兄さん」

「ん、何だ？」

「わたし、ここで暮らしたい」

「え？」

あまりにも唐突な言葉に、一瞬呆気《あっけ》に取られてしまう。

「どういうことだ？」

「だって、身寄りなんてない、ひ弱な子供だもの。このまま外に出たところで、生きていけるかも分からないし。また攫われて奴隷にされるかもしれない。だけどここなら安全そうだし、食べ物もあるし、お風呂もあるし、可愛い魔物もいる。お兄さんも悪い人じゃない。……たぶん」

……俺は悪い人じゃないぞ？

悪い人もそう言うだろうけど。

「もちろん、タダでとは言わない。何かできることがあれば、ちゃんと働く」

そこで他の子供たちも口々に声を上げた。

「わ、私もここにいさせてほしいです！」

「リッカも！」

「ぼ、ぼくもっ……ご迷惑じゃなければっ……」

「ちょっ、あんたたち勝手にズルいわよ！　だったらあたしも……っ！」

みんな必死だ。

まだほんの子供だというのに、きっと平和な国で生まれ育った俺には想像がつかないくらい、過酷な人生を送ってきたのだろう。

そんな彼らの懇願を、突っ撥《ぱ》ねられるはずもなく。

「そうだな――」

「残念だけどお断りさせてもらうわっ！」

俺が返事をする前に、いきなりアズが叫んだ。

「おい何でお前が答えてるんだよ？」

「だって、ここはダンジョンなのよ⁉　子供の住むような場所じゃないわ！　魔物はモフモフなのばっかりだし、要らない設備やトラップばかりだし、ただでさえダンジョンっぽくないってのに、子供までいたらもう完全にアトラクション施設じゃないのよおおおおおっ！」

涙目で必死に訴えてくるアズだが、無視することにした。

「別に構わないぞ」

「えっ、いいんですか……？」

「お姉ちゃんがめちゃくちゃ反対してるけど……」

「こいつのことは気にしなくていいから」

ダンジョンマスターは俺だからな。

そもそもアズが言う最強最悪のダンジョンなんて、作る気はさらさらない。

「その代わり、畑の収穫とか魚釣りとかやってもらうぞ」

「「はいっ！」」

「みんなの部屋を作らないとな。トイレとか風呂ももっと必要だろう。……そうだ」

俺はあることを思いつく。

「せっかくだし、自分の部屋を自分で掘ってもらうとしよう」

俺の【穴掘士】のスキルによって、アンゴラージですら土を掘ってダンジョンの拡張ができるのだ。

非力な子供たちでも、時間をかければ小さな部屋を作るくらい可能だろう。

「とはいえ、さすがにシャベルは必要だよな」

俺はいったん地上に出ると、街で五本分のシャベルを調達してから戻ってきた。

「こ、これで穴を掘るんですか……?」

「ああ。最低でもあのベッドが入るくらいの大きさはな」

「結構な大きさだよ⁉」

「すごく大変そう……。で、でも、頑張ります……っ!」

それぞれシャベルを手に、壁を掘り始める子供たち。

「あれ? 思ってたより簡単に掘れてく……?」

「不思議。そんなに力が要らない」

「これなら楽勝だわ!」

ザクザク掘り進めていく子供たち。

それから穴掘りに没頭していったのだった。


スキル〈穴掘り隊長〉が進化し、スキル〈穴掘り将軍〉になりました。

俺は再び王都の街に来ていた。

予期せずダンジョン内に子供たちが住むことになったので、服や食器などを買い揃《そろ》える必要が出たからだ。

彼らの身に着けていた服はどれもボロボロで、当然ながら着替えなんてあるはずもない。

靴すら履《は》いていない子がいたほどだ。

天野たちの仕事を手伝った際に、報酬の一部としていくらかお金を貰ったし、資金は十分にある。

「一人で子供服を買ってる男とか、明らかに怪しいよな。それも何着も」

特に女の子の下着とか。

万一クラスメイトにばったり遭遇したりしたら、今後ずっと変態扱いされるに違いない。

「せめて誰か一緒に来てもらうべきだったかもな。……いや、それはそれで、もし見られたらあらぬ疑いをかけられかねないか」

その子供たち五人は今頃《いまごろ》、与えたシャベルでせっせと部屋を掘っているところだろう。

子供を働かせるのもどうかと思ったが、あくまで自分の部屋だしな。

ちなみに西洋風の建物が建ち並ぶここバルステ王国の王都は、中心に豪華絢爛《ごうかけんらん》な王宮を有し、そこから放射状に街が広がって、周囲を城壁が取り囲んでいる。

王宮に近づくほど一等地になっていき、逆に外側ほど雑多で庶民的な街並みが続いていた。

街を歩いているのは主に西洋風の顔立ちの人間たちだが、時々、異国から来たと思われる商人の姿もある。

この世界には結構、国を越えた人の行き来があるのだろう。

まずは適当なお店で服を買い揃える。

お店と言っても、露天販売だ。もっと街の中心部に行けば違うのだろうが、そもそもこの辺りには、お洒落《しゃれ》な子供服なんてものは売っていなかった。

どれもこれも似たような服ばかりで、下着に至っては男児用なのか女児用なのかも判別がつかない。

俺が何枚も購入しても、お店の人はまったく気にした様子はなかった。

どうやらただの奇遇だったみたいである。

「やめてください……っ！」

他に食器やタオルなんかも買って、ダンジョンに戻ろうとしたときだった。そんな悲鳴が裏路地から聞こえてきて、俺は思わずそちらに視線を向けた。

そこにいたのはいかにも悪そうな男たちと、腕を摑《つか》まれて暴《あば》れる若い女性だった。

「放してくださいっ！」

「だから何もしねぇって。ちょっと遊んでくれって言ってるだけだろ？」

「そんな時間はないって言ってるでしょう……っ！」

うーん、なんていうか、異世界にもこういう強引《ごういん》なナンパってあるんだな。

放っておく……というのは、さすがに寝覚めが悪い。

俺は彼らの方へと近づいていった。

「ん、何だ、てめぇは？　邪魔だぞ、ガキは向こうに行ってろ」

こちらに気づいた連中の一人が、ガンを飛ばしながら立ちはだかる。

今にも殴りかかってきそうな雰囲気だ。以前の俺だったら、ビビって足が震えていたかもしれない。

だがこの異世界に来てから、リザードマンなどの危険な魔物とやり合ったりしているのだ。

それと比べれば、いかにも悪役モブっぽい人間の男など、まったく怖くなかった。

もっとも、今はダンジョンの外でスキルの効果が大幅に薄くなっているため、本当に殴りかかってこられたりしたら困るが。

「おい、聞こえてねぇのかよ？　とっととどっか行かねぇと、痛い目見ることになるぞ？」

「それはこっちの台詞だな」

「ああん？」

「言っておくが、俺は異世界から来た勇者だ」

「なっ⁉」

勇者という言葉を口にするなり、男たちの空気がガラッと変わった。

「俺のジョブは【剣聖】。ドラゴン級の勇者だ。この意味、理解できるな？」

「け、【剣聖】っ……」

男たちは明らかに気圧《けお》されている。

そして互いに顔を見合わせてから、

「ちっ、行こうぜ」

「ああっ」

舌打ちと共に路地の奥へと去っていったのだった。

……上手くいったな。

もちろん【剣聖】というのはハッタリだ。そう言っておいた方が、効果があるだろうと思ったのである。

【穴掘士】だなんて教えても、馬鹿《ばか》にされるだけだしな。

「あ、あのっ」

とそこで、絡《から》まれていた女性が声をかけてくる。

「助けていただいて、ありがとうございました。……あなたも、勇者様なんですね？」

「あなたも？」

「実は私、勇者様が立ち上げられた商会で、従業員をしていまして……」


「おおっ、丸夫《まるお》殿ではござらぬか！　久しぶりでござるな！　元気にしておったでござるか？」

助けた女性に連れられて、とある建物にやってくると、出迎えてくれたのはクラスメイトの坂口《さかぐち》金之助《きんのすけ》だった。

なぜか武士っぽい喋り方をする男だが、その人懐っこい性格もあって、クラスの人気者の一人である。

ちなみにみんなから「金ちゃん」という愛称で呼ばれている。

「まぁ、ぼちぼちな。金ちゃんはこの異世界で起業したのか？」

「そうでござるよ」

金ちゃんのジョブは確か、【商王】だったか。

戦闘向きではないため勇者としてはユニコーン級に指定されていたが、商人系のジョブとしては最上級に位置付けられているらしい。

「すごいな。この建物も随分と立派なものだし……」

この世界に来てまだせいぜい一か月くらいだ。

見知らぬ世界でゼロから商売を始めたとして、普通ここまで順調にいくとは思えない。

「いやいや、これはまだほとんどただの箱でござる。具体的なことはこれからでござるよ」

「……そのお金はどこから？」

「拙者の才能《ジョブ》を見込んで、王宮が出資してくれたでござるからな。王宮のお墨付き。しかも勇者が運営する商会となれば、信用度は百点満点でござるよ」

ふっふっふ、と悪い笑みを浮かべる金ちゃん。

しかし立派な建物に加え、従業員を集めるのに、資金の大半を使ってしまったらしい。

さすがに博打《ばくち》が過ぎないかと思ったが、きっと自信があるのだろう。

「なにせ〈超商売運〉という、ありがた〜いスキルを持っているでござるからな！　きっと上手くいくでござるよ！」

「運任せかよ!?」

「ビジネスにおいて運は何よりも重要でござるよ」

考えてみたら、このファンタジー世界だ。迷宮神とかいう神様も実在しているようだし、運というものも、より確かな存在なのかもしれない。

「ところで、うちの従業員、メレン殿を助けてくれたと聞いたでござる」

「ああ、たまたま裏路地で変な男たちに絡まれてるのを見つけて」

「その連中、命拾いしたでござるな」

「……？　どういうことだ？」

金ちゃんの物言いに違和感を覚えて訊き返す。

「実は彼女、こう見えて【暗殺者】のジョブを持っているでござる。以前は実際にそういう仕事をしていたそうでござるが、ひょんなことからうちで雇うことになったでござるよ」

「自分ではしっかり更生したつもりなのですが、なかなか当時の感覚が抜けきらず……今でも時々、無性に人を始末したくなるのです」

にっこり微笑《ほほえ》んで物騒なことを言うメレンさん。

「先ほども、マルオ様に助けていただかなかったら危ないところでした」

……どうやら俺が助けたのは彼女ではなく、あの男たちの方だったみたいだ。

とそこで、ふとあることを思いつく。

「そういえば、どんな商売をしていくかはまだこれからなんだよな？」

「そうでござるが？」

「もしかしたらいい商材があるかもしれないぞ」


「まさか丸夫殿が、王宮を出た後にダンジョンマスターになっていたとは……」

「色々と偶然が重なった結果な」

俺は金ちゃんを連れて、ダンジョンにやってきていた。

うちで収穫できる野菜や果物を彼に売ってもらおうと考えていて、そのためにも一応、出所を見せておいた方がいいと思ったのだ。

もちろん俺がダンジョンを作っていることは、王宮に黙っておいてくれるように約束してある。

「ほら、見てくれ。これがうちの畑だ」

「……本当にダンジョンの中に畑があるでござる」

目を丸くする金ちゃん。

「放っておくと勝手に育ってくれるんだが、これがまた絶品なんだよ。現状かなり余ってるし、どこかで売ってみようかと考えていたところだったんだ」

ちょうどそのタイミングで、クラスメイトと出会ったのだ。

しかも都合のいいことに、この異世界で商売人をしていくというのである。見知らぬ商人にお願

いするより、金ちゃんの方がよほど信頼できる。

「ついでにあっちは果樹園で、向こうは養殖場になってる」

「果物や魚まで⁉　そんなダンジョン、聞いたことないでござるよ……」

「……私もダンジョンには何度か潜ったことはありますが、こんな場所は見たことないです」

と驚いているのは、実は金ちゃんの専属秘書だというメレンさんだ。

【暗殺者】のジョブを持つ彼女とは、特殊な魔法契約を結んでいるようで、業務上、知り得たことを外部に漏《も》らす心配はないという。

ちなみに秘書としてだけでなく、護衛としての役割も期待しているらしい。

……と言いつつ、もしかしたら敵対者を始末したり……うん、詳しくは訊くまい。

「試しにちょっと食べてみるか？　そのままでも十分美味しいから」

「では、一口……」

畑から引っこ抜いたばかりのニンジンに、そのまま齧《かじ》りつく金ちゃん。

「～～～～～～～～～～～～～～～～っ⁉」

目を大きく見開き、叫んだ。

「ううう、美味すぎではござらんかあああああっ⁉　これ、本当にニンジンでござるか⁉　果物のような甘さでござるよ⁉」

「採れたてっていうのもあるだろうけど、元の世界で食べてた野菜よりも美味しいだろ？」

「これは確実に売れるでござるよ！」

それからさらに果物や魚も紹介する。

「果物なんて、この世界では超高級品でござるよ。しかもこの辺りには海がないから、新鮮な魚は滅多《めった》に食べることができないでござる……ほ、本当にこんないいものを拙者に扱わせてくれるでござるか⁉」

「ああ。いくらでも手に入るしな。収穫してから、三日くらいでまた育つんだ」

「三日⁉」

放置していれば勝手に増えてくれるし、収穫作業を除けばこちらがやることも全然ない。

リアル農家が聞いたら怒られそうなお手軽具合だ。

「必要なら生産量を増やすこともできるぞ」

ポイントを消費するだけで、畑フィールドも果樹フィールドも無限に作り出せる。もちろん相応のスペースが必要だが。

「チート過ぎではござらんか……？」

というわけで、金ちゃんの商会を通じて、野菜や魚を販売してもらうことになった。

「もちろん相応の報酬は払うでござるよ」

「タダで作れるんだから別に要らないけどな」

「そういうわけにはいかぬでござる」

具体的な金額や当面の取引量、それから運搬方法などを話し合っていると、そこへアズがやってきた。

「ちょっと、誰よ、そいつらは？」

「勇者仲間だよ」

「っ、また勇者……っ？」

アズは警戒したように金ちゃんたちを睨《にら》みつける。相変わらず勇者に対するイメージが悪いようだ。

「その子は誰でござるか？」

「ええと、説明するとややこしいんだが……まぁ、簡単に言うと本当はこのダンジョン、彼女のものだったんだが、それを俺が横取りしてしまってさ。結果、今は俺がマスターで、彼女はサポーターって感じだな」

「ううむ、こんな可愛い子を……丸夫殿も隅に置けぬでござるな」

「話、聞いてたか？」

さらに子供たちもわらわらと集まってくる。

「子供がいるでござる？」

「色々あって、このダンジョンで保護することにしたんだ」

「……女の子ばかりでござるが？」

「言っておくが、やましいことは一切《いっさい》ないぞ？　あと、一人は男の娘だからな」

見知らぬ客人に彼女たちも少し警戒していたので、俺は心配する必要はないと伝えた。

「彼らは俺の勇者仲間、とその従業員だ」

「えっ、このおじさんも勇者なんですか？」

「おじっ……」

シーナにおじさん呼ばわりされて、金ちゃんがショックを受けたように頰《ほお》を引き攣《つ》らせる。

確かに金ちゃん、貫禄があるせいか、あまり高校生には見えないな。

「私も最初に会ったときは同年代かと思いました」

「メレン殿まで⁉」

がっくりと肩を落とす金ちゃん。しかしすぐに気を取り直して、

「ところで丸夫殿はこのダンジョンで生活しているでござるか？」

「ああ。ちゃんとトイレや風呂もあるからな。あと、トランポリンとか砂場も」

「それ、何のためでござる……？」

一応、トラップということらしいのだが、完全に遊び場である。

まぁリザードマンと戦うときには役に立ったが。

「今のところダンジョンの要素がまったくないでござるな？　魔物も見かけぬでござるし……。ところで先ほどからチラチラと見かける可愛らしい動物は何でござろう？　ペットを飼っているのでござるか？」

「ああ、あれが魔物だよ」

「魔物⁉」

「おーい、みんな。ちょっとこっちに来てくれ」

俺が呼びかけると、モフモフたちが一斉に集まってくる。

「「「「「ぷぅぷぅぷぅ」」」」」

「「「「「わんわんわん」」」」」

「「「「「くるるるる」」」」」

「「「「「「にゃあにゃあ」」」」」」

金ちゃんは目を丸くし、メレンさんは目を輝かせた。

「しかもすごい数でござる⁉」

「何ですか、この子たち！　とっても可愛いんですが⁉」

「うちで作れる魔物は今のところ全部こんな感じなんだ。可愛いだろ？　戦闘力は今一つだけど」

「これはウサギでござるか？　こっちは犬で、鳥に猫……」

「樹木の魔物もいるぞ」

「（むしろこの魔物たちの方が売れるかもしれぬでござるな……いや、確かダンジョンの魔物は、外に出ることができぬでござったか……）」

「ん、どうしたんだ？」

「いや、何でもないでござるよ。それより、先ほどの話の続きでござるが……良い運搬方法があるとのことでござったが？」

「ああ、実はそうなんだ」

現在このダンジョンの王都に一番近い出入り口は、出入りのたびに封鎖している。

誰かが見つけて勝手に入ってきたりするのを避けるためだ。

しかし今後、金ちゃんの商会と取引するということになると、そんな面倒なことはしていられない。というか、そもそも王都の外に出入り口があっては、非常に効率が悪いだろう。

「だから直接、商会とダンジョンを繋《つな》げたらいいと思うんだ」

「そんなことができるでござるか⁉　正直、結構な距離があるでござるが……」

「十分くらいあれば終わると思うぞ」

「十分⁉」

それから俺は金ちゃんの前でダンジョンを掘ってみせた。ぐんぐん広がっていく洞窟に、金ちゃんが驚愕《きょうがく》する。

「これがダンジョンマスターの能力でござるか……」

「いや、それは使ってないぞ。【穴掘士】の能力だ」

「【穴掘士】の⁉」

「自分で掘るとポイントを節約できるんだ」

「掘るというより、土が消失していくという感じでござるな……」

やがて商会の地下まで辿《たど》り着いた。

「この上がさっきの建物だ」

「もう着いたでござるか？　しかもよく分かるでござるな？」

「どこに繋げたらいい？」

「地下に倉庫があるでござるから、そこにそのまま繋げてもらえるでござるか？」

「了解」

　地上に向かって階段を作りながら掘っていく。

「……ちゃんと階段になってるでござる」

「この階段、一瞬で作ったというのに、かなりの強度がありますね」

「先ほど試しに壁を触ってみたでござるが、ただ掘り進めるだけでなく、しっかり固めながら掘っているようなのでござる」

「さすが【穴掘士】ですね……」

　そんなやり取りを聞きながら地上を目指していると、ついに倉庫の床をぶち抜いて、商会と連結することができた。

「本当にうちの倉庫に繋がったでござる……。しかしこれで商品を誰にも知られることなく入荷できるでござるな！〈超商売運〉のお陰か、一気に商機が巡ってきたでござるよ！」

　……もしかしたら俺が偶然あそこでメレンさんに遭遇したのも、金ちゃんのスキルによるものかもしれない。

第五章 ∴ ダンジョン戦

「お部屋が完成しましたっ！」

シーナがやり切ったような顔で報告してくれる。

どうやら自分たちの部屋を掘り終えたようだ。

「思ってたより早く完成したね！」

「このシャベルのお陰かな……？　途中ぜんぜん疲れなかったし……」

嬉《うれ》しそうに言うリッカと、不思議そうに首を傾《かし》げるノエル。そのシャベルは適当に買った普通のやつだぞ。

一応どんな感じになったか見せてもらうことにした。

子供たちの部屋には、台所やリビングのある共用スペースから直接行くことができる。

それぞれが一部屋ずつ掘ったので、入り口は全部で五つ。

大人だとギリギリ通れるくらいの入り口を抜けると、その先にあったのは八畳分くらいの部屋だ。

綺麗《きれい》な直方体に掘られていて、壁も天井《てんじょう》も平らなので、本当に人力で掘ったとは思えないクオリティである。

それが五つ、横一列に並んでいるのだが、部屋同士の壁を貫通するように小さな窓が設けられていた。

「ここから行き来ができるようにしました」

「あたしは繋《つな》げないでって言ったんだけど」

黒髪のマインがちょっと不満そうに言うと、ミルカがすかさず横やりを入れた。

「この中で一番寂《さび》しがり屋なのがマインなのに？」

「そんなことないわよっ！」

ともあれ、確かに子供が一人で隔離されたような部屋にいるというのも、あまり健全な感じがしないし、悪くないアイデアだな。

「じゃあ、それぞれの入り口に玄関を設置して」

「「「いきなり扉が現れた⁉」」」

「さらに寝室にして、と」

「「「今度はベッドが⁉」」」

トイレと風呂《ふろ》は共用で構わないだろう。もちろん男女は分ける。

すでに一つずつあるので、新たにひとセットを作成した。

ちなみに俺《おれ》の部屋とアズの部屋も元から作ってあって、子供たちの部屋と向かい合う反対側に入り口がある。

トランポリンや砂場、それに「トラップE」で作ることができた「アスレチック」などは、この生活スペースの先に新しく広めの空間を設け、そこに集合させた。

完全にモフモフと子供たちの遊び場である。

「えっ、いつの間にこんな場所を作ったんですか⁉」

「みんなが部屋を掘ってる間に、モフモフたちに作らせたんだ」

「この子たちが⁉」

「「「「「ぷぅぷぅ！」」」」」

「「「「「わんわん！」」」」」

「「「「「にゃあ！」」」」」

自慢げにアンゴラージ、ポメラハウンド、チンチライオンが鳴く。

「彼らにはダンジョンの拡張も手伝ってもらってるからな」

人数も多くて、もはや立派な穴掘り戦力である。見た目が可愛《かわい》いだけではないのだ。


金ちゃんと再会し、売買契約を交わしてから数日後。いつになくハイテンションで、金ちゃんが再びダンジョンにやってきた。

「丸夫《まるお》殿！　お陰で爆売れ中でござるよ！」

「おお、それはよかったな」

「あの品質なら当然でござるが、かなり強気の値段で勝負したにもかかわらず、予想以上の反響でござる！　あっという間に在庫がなくなりそうな勢いでござるよ！」

主に富裕層をターゲットにした高級料理店や、貴族の専属のシェフなどに営業をかけていったらしいが、最初は半信半疑だった料理人たちも、実際に食材を口にしてみると、一瞬で契約に至ったという。

さらに噂が料理人たちの間で広がって、今では向こうからぜひ売ってほしいと頼み込んでくるほどらしい。

「そんなこともあろうかと、別の生産拠点を作っておいてよかったな」

「どういうことでござるか?」

「ほら、こっちだ」

金ちゃんを案内したのは、商会の地下から階段を下りていったすぐ先。

そこに新しく作ったのは、学校のグラウンドほどの広さの空間だ。もちろんすべて畑や果樹園、養殖場となっている。

「こんなところに⁉」

「近い方が運搬も楽だろうと思って」

「しかも、あれから何日も経《た》っていないのに、もう作物がなっているでござる!」

「ああ、そろそろ収穫ができそうだな。魚の方も増えてきてるぞ」

「ていうか、あそこにイカらしきものが泳いでるでござるよ⁉」

「どんな魚が生まれるかはランダムらしいからな」

貝やイカ、ウニなんかも見つかることがある。

……もちろん本当の養殖場では、魚の種類に応じた環境が必要だろうが、まぁファンタジー世界だからな。

魔物が壁から生えてくるくらいだし。

しかし海が近くにない王都で、これほど新鮮な魚を手に入れるのは不可能だろう。

「ただ、鮮度の良い魚が手に入らないせいで、生魚を食べる習慣がまったくないでござるよ。なのでいずれ職人を育てて、お寿司《すし》のお店を開こうと思っているでござる。最初は気味悪がられるかもしれぬでござるが、いずれその美味《おい》しさが理解できるようになるはず」

確かに日本の生食文化も、当初は海外の人に受け入れられにくかったが、最近ではブームになっているほどだからな。

きっと異世界の人たちにも浸透していくだろう。

「食材を独占しているから、他では絶対に真似《まね》できぬでござるよ。つまり永遠のブルーオーシャンでござる。ふっふっふ……」

不敵に笑っている金ちゃんだが、大事なことを忘れているぞ。

「お寿司にはお米が必要だろ？　何度か市場に行ってるが、この世界でまだ一度もお米を見たことないぞ」

「……実はそこなのでござる」

俺の指摘に、金ちゃんは残念そうに溜息《ためいき》をつく。

「一応、お米というものは存在しているようでござるが、この国ではほとんど生産していないそうなのでござる。他国からごく稀《まれ》に輸入されてくる程度で、寿司のシャリに適したお米ともなると、簡単には手に入りそうにないでござるよ」

「そうか……ところで、少しあっちの方を見てくれ」

「ん、あれはまさか……」

俺に誘導されて、金ちゃんが視線を入り口から一番遠い場所へと向ける。

「た、田んぼでござる⁉」

そこにあったのは青々とした水田だ。

実はフィールドDが「水田フィールド」、すなわち田んぼだったのである。

「収穫はまだもう少し先だが、そのうち実ができてくると思うぞ」

「間違いなく美味しいお米が作れるでござるな！　あとは寿司を握れる職人を育てるだけでござる！」

金ちゃんは寿司を握った経験もなければ、詳しい作り方を学んだこともないはずだ。

どうやって育てるのかと思っていると、

「問題はござらぬ。料理人系のジョブを持つ人間を雇うことができれば、後はざっくりとした情報を伝えただけでも、本物そのものの寿司を完成させてくれるでござるよ」

「なるほど」

「そうと分かれば、早速、探してみるでござるよ！」

興奮した様子で地上に戻っていく金ちゃんだった。

拡張（5）
光源（10）
トイレ（15）
風呂（20）
台所（25）
寝室（30）
玄関（40）
リビング（50）
迷宮構築Ⅰ（100）
迷宮構築Ｊ（200）

アンゴラージ（5）
ポメラハウンド（10）
エナガルーダ（15）
スモークトレント（20）
チンチライオン（30）

カーペット（10）
足つぼ（15）
トランポリン（20）
砂場（30）
アスレチック（40）

畑フィールド（100）
果樹フィールド（150）
養殖フィールド（200）
水田フィールド（250）
フィールドE（300）

「こうしてみると、だいぶ判明してきたな」

生成や設置が可能なものを、俺は改めて確認していた。

以前に比べるとかなりポイントが入ってくるようにはなったが、生産量を増やすためにフィールド系を連続で使用したため、現在の残ポイントは少ない。

売れ行き次第では、今後さらに増やす必要も出てくるかもしれなかった。

「もっとダンジョンを広げていかないとな」

従魔たちの力も借りながら、ダンジョンをどんどん拡張していく。

もちろんそれに並行し、外から魔物を誘《おび》き寄せて倒しながらポイントも稼いでいった。

強化済みのモフモフたちを増やしたので、以前より魔物を討伐しやすくなっている。

わざわざアズのところまで誘導しなくても、要所に配置した彼らが倒してくれるのだ。

「むしろもうアズがいなくても問題ないな。何の役にも立ってないし、迷宮神とやらにリコールできないのか？」

「ちょっと⁉」

第一この眷属《けんぞく》、ここ最近はずっとリビングのソファでくつろいでやがるだけだ。

……当初の情熱は一体どこに行ってしまったのか。

「だって他にすることないんだから仕方ないでしょ！」

「穴掘りやれよ。子供でもできるんだから」

「そんな地味な作業は嫌！　もちろん収穫作業も！」

「ほんと我儘だな……」

きっと魔界にいた頃もこんな感じだったのだろう。どういう魔族だったのか知らないが。

誘き寄せ討伐作戦を継続していると、段々と地上にいる魔物が少なくなるらしく、少しずつ効率が落ちていく。

そのため定期的に出入り口を増やしたり場所を変えたりもしている。

なお、子供たちには主に作物の収穫作業をやってもらっているのだが、穴掘りの手伝いもしてくれている。誰《だれ》かさんと違って働き者だ。

以前一度あったように、土の中に棲息《せいそく》している魔物と遭遇する危険性もあるので、念のため従魔たちと組ませて、生活拠点の周辺で作業をさせている。

現在はまだ地下三階までしかないが、これをもっと深くしていく予定だ。

と、そんな感じで日々、順調にダンジョンを成長させているときだった。


『警告。別のダンジョンと連結されました』


システムからの警告。しかも今までに聞いたことのないパターンだ。

「別のダンジョンと連結された？」

『はい。他のダンジョンマスターが運営するダンジョンと繋がりました。この場合、主な対処法は以下の二つです』

その一、敵ダンジョンに攻め込み、ダンジョンコアを破壊して敵ダンジョンを自ダンジョンに取り込む。

その二、連結部分から一度作ったダンジョンを埋め立てていくことで、ダンジョン戦を回避する。

ただし「迷宮構築」において、「埋没」という機能を取得している場合に限る。

「俺の場合、そんな機能ないしな……」

まぁ自前のスキルを使えば同等のことができるのだが。

「仲良くするってパターンはないのか？」

『友好的なダンジョンマスターであれば不可能ではありませんが、まず期待できないでしょう。その二も、基本的には一時凌ぎの対処法と考えてください』

魔族が好戦的な種族だということもあって、ダンジョンとダンジョンがぶつかってしまったとき、基本的には戦闘になるものらしい。

もし先に相手のダンジョンコアを見つけ出し、破壊することができれば、ダンジョンを大きく発展させられるチャンスということになる。


『警告。敵ダンジョンから自ダンジョンへ、魔物が侵入してきました』


「って、もう入ってきやがったのか」

マップを見てみると、複数の魔物が侵入してきているのが確認できた。

それほど数は多くないので、偵察部隊だろうか。

向こうがその気なら、もはや戦いは避けられないだろう。

「アズ、出番だぞ、起きろ」

「……ほにぇ？」

俺は暢気《のんき》にソファで涎《よだれ》を垂らして寝ていたアズを叩き起こす。

「他のダンジョンと繋がってしまったらしい。魔物が攻めてきている」

「え、やばいじゃないのよ！」

「とりあえず連結部まで急ぐぞ」

「って、あんためちゃくちゃ速くない⁉」

俺が駆け出すと、後ろからアズの悲鳴が響いた。

「そんなに速く走ってるつもりじゃないけどな？」

「ていうか、そもそもこんなに早く他のダンジョンと繋がるなんて……っ！」

幸い魔物が侵入してきている場所は、かなり離れている。つまりそれだけ遠くまで掘り進めたということだ。

「あんたどう考えても掘り過ぎでしょ⁉」

「その分、ポイントが入ってくるんだから仕方ないだろ」

マップを見ていても、敵の魔物の進む速度はあまり速くない。

慎重に進んできているようで、この様子だと俺たちの生活拠点に辿《たど》り着くのに三時間はかかりそうだ。

一方、俺は途中でアズを引き離して、もう半分近くを走破している。


スキル〈高速穴移動〉が進化し、〈穴韋駄天〉になりました。

「「にゃあ！」」

「チンチライオンたちだ」

このルートを掘っていた従魔たちが向こうから駆けてきた。ダンジョンと繋がって敵の魔物が入ってきたので、逃げてきたのだろう。

「とりあえずどの程度の強さの魔物がいるのか、確かめないとな」

そう考えた俺は、新たに掘った小さな横穴に身を潜め、敵の魔物の通過を待つことに。しばらくすると、独特な声を発しながら二足歩行の集団が横切っていった。

「「ギョギョギョギョギョッ」」

「半魚人の魔物みたいだな」

全部で五体。あまり強そうには見えない。

「戦ってみるか」

俺は横穴から飛び出すと、前方にしか注意していない連中の背中へ、掘削攻撃を放つ。

「「ギョッ⁉」」

二体同時に、胸のど真ん中に大きな風穴が空いた。

そろって地面に倒れる仲間たちに気づき、一体何が起こったのかと慌てている残りの半魚人へ、すかさず追撃を放った。

「「ギョギョッ⁉」」

さらに二体を仕留めるが、残りの一体がこちらに躍りかかってくる。

「遅い」

「ギョエ⁉」

半魚人の接近は間に合わず、その前に頭の半分が消失していた。

「うーん、大して強くなかったな」

そこへようやくアズが追いついてきた。

「勝手に先に行かないでよ！」

「遅いからつい」

「って、もしかして倒したの？」

「ああ。半魚人の魔物だった。ただの偵察用の捨て駒かもしれないが、かなり弱かったぞ」

「……うわっ、気持ち悪っ……生臭いし……」

そうして俺はアズと共にダンジョンの連結部までやってきた。新手が侵入してくる様子は今のところない。

「こっちも偵察してみるか。相手のダンジョンマスターには侵入がバレるんだっけ？」

「分からないわ。ダンジョンによってどんな性質を持っているかは異なるもの」

「なるほど。まぁ、少なくとも位置は把握されると考えておいた方がいいな」

俺は敵ダンジョンへと足を踏み入れる。

アズも問題なくこちら側へとやってきた。

「地上に出ることはできなくても、他のダンジョンになら行けるんだな」

「そうみたいね！」

それに俺の身体も、地上に出たときと違って、強化が失われた感じはなかった。変わらず穴の中だからだろう。

先に進んでいくと、早速また魔物に遭遇した。

「「「ギョギョギョギョギョ！」」」

やはり半魚人の魔物である。どうやらサハギンというらしい。

「あたしに任せなさい」

アズが放った炎が、三体のサハギンを纏《まと》めて燃やしてしまった。

「ふん、雑魚ね」

「このレベルの魔物ばかりなら楽なんだがな」

さらに奥へと進んでいく。

「冷たっ？」

「さっきからずっと天井から水が垂れてきてるな」

落ちてきた水が地面を打つ、ぴちゃんぴちゃん、という音が鳴り、時々それが顔にきてひんやりさせられる。

さらに途中から道に沿う形で川が流れ始めた。

水中から何かが出てきそうだなと警戒しつつ進むと、やがて広大な空間に出る。

しかしその大部分が水没していた。

「……地底湖ってやつか」

「あの半魚人の魔物といい、これがこのダンジョンの特徴かもしれないわね」

どうやら迂回《うかい》はできないようで、先に行こうとしたらこの地底湖を突っ切っていく必要がありそうだ。

一応、足場になりそうな岩がぽつぽつと水面に顔を出しているので、それを伝っていけば水中を泳がなくても済みそうである。

「「「ギョギョギョギョ！」」」

しかし当然のように大量の半魚人が待ち構えていた。

水面に顔を出している奴《やつ》らだけでなく、よく見ると水中に幾つもの影が見える。

「さすがに水の中でやり合いたくはないな。落ちないようにしないと……よっ」

俺は一番近くにあった岩の足場に飛び移る。

すかさずサハギンどもが近づいてきたが、すぐに次の足場へ。

「今度は置いてかないでよっ⁉」

アズも慌てて後ろをついてくる。

そして届く範囲のサハギンを掘削攻撃で始末しつつ、足場から足場を移動しているときだった。

水中から巨大な影が近づいてきたかと思うと、盛大な飛沫と共に飛び出してくる。

「サメの魔物かっ！」

体長三メートルを超えるサメが、宙を舞ってこちらに躍りかかってきたのだ。

咄嗟《とっさ》に掘削攻撃で頭の一部を抉《えぐ》り取ってやったが、勢いそのままに空から降ってくる。

俺はサメの横っ面に蹴《け》りを叩《たた》き込《こ》んだ。

どおおおおおおんっ！

吹き飛んだ巨体が湖に落下し、大きな水飛沫が上がる。

「……普通に肉弾戦もできそうだな」

咄嗟に放った蹴りだったが、思っていたよりも威力があった。もはや掘削攻撃を使わなくても、それなりに戦えそうである。


【穴掘士】がレベル34になりました。


最初の地底湖を突破した後も、似たような場所が続いていた。アズが言った通り、そういうタイプのダンジョンなのだろう。

出現する魔物も、半魚人のサハギンを始め、亀やカニ、海蛇、ピラニアといった水棲《すいせい》系の魔物ばかりである。

「けど、まだ発展途上なのか、大して強い魔物はいないな」

かなり奥まで入ってきたし、このまま一気にダンジョンコアを破壊しに行った方がいいかもしれない。

「よし。アズ、もっと急ぐぞ」

「えっ？」

「俺たちと同じように、今頃《いまごろ》、俺のダンジョン内にも敵が攻め入っている可能性があるしな」

仮に侵入されたとしても、延々と掘り進めていただけあって、ダンジョンコアまで随分と距離がある。

なので、そうすぐには辿り着けないはずだが、悠長にはしていられない。

幸いこのダンジョン、水という障害はあるものの、分かれ道などは少なくて迷いにくい構造をしている。

「って、置いてかないでよ～～っ⁉」

背後からアズの悲鳴が聞こえてきたが、俺は気にせず全力で加速した。

途中、何度か水中に潜る必要があったが、強化された身体能力のお陰で水中の魔物も蹴散らし、どんどん奥へと進んでいった。

やがて辿り着いた場所にあったのは、落差二十メートル、膨大な水量が流れ落ちてくる滝だった。

盛大に飛沫を上げる滝壺《たきつぼ》があるだけで、周囲は垂直の崖に囲まれている。

もしかしてこの滝を登らなければいけないのかと思っていると、その滝の上から何かが降ってきた。

ばしゃあああああああああんっ、と大きな水飛沫と共に滝壺に落ちてきたのは、これまで遭遇してきた半魚人の、数倍はあろうかという体格の半魚人だ。

「ギョオオオオオオオオオッ‼」

「サハギンの上位種か」

三叉の槍《やり》を手にした巨漢サハギンが、雄叫《おたけ》びと共に躍りかかってきた。

◇　◇　◇

一方その頃《ころ》、アズリエーネは。

「あいつ、本当に先に行きやがったわねっ！　置いてくなって言ったのに！」

高速で走っていくマルオを見失い、愚痴っていた。

「ていうか、何であんなに身体能力が上がってるのよ……」

当初は見ただけで分かるほど弱そうな男だったというのに、いつの間にかやけに強くなってしまったのである。

「あたしはこれでも魔界で上級魔族だったんだけど？」

魔法タイプだとはいえ、ここまで簡単に引き離されるのは予想外だった。

と、そのときである。

ゴゴゴゴゴゴゴゴ……。

「っ？　何の音かしら……？」

不意に聞こえてきた鈍い音。

さらに地響きのような振動に、アズリエーネは警戒心を強める。

しかしすぐにその音の正体が判明した。なにせ前方から、大量の水が迫ってきたのだ。

「ちょっ⁉」

何かしらのトラップでも発動したのかと、戦慄《せんりつ》するアズリエーネ。

慌てて逃げようとするが、鉄砲水のような勢いで押し寄せてくるそれを避けることなどできなかった。

そもそもこの辺りは一本道で、回避する横穴もない。

「〜〜〜〜〜〜〜〜〜〜〜っ⁉」

気づけばそれに呑《の》み込まれていた。

そのまま来た道を押し流され、やがて少し前に通過した広い空間へと吐き出される。

「ああもうっ、何なのよっ！」

びしょ濡《ぬ》れになりながらも、水の中からどうにか飛び出して悪態をつく。

そこへ、どこかで聞いたことのある笑い声が響いてきた。

「あらあらまぁまぁ。まさか、こんなところで再びあなたと相まみえるとは思っていませんでしたわ」

「っ⁉　この声はっ……」

アズリエーネが目にしたのは、大きな海蛇の頭の上に優雅に座り、彼女を見下ろす一人の美女。

南国の海のような色合いの長い髪と、蠱惑的《こわくてき》な身体つきが特徴的なその女の名前を、アズリエーネは知っていた。

「エミリアっ……まさか、あんたもダンジョンマスターに⁉」

彼女の名はエミリア。

魔界時代において、アズリエーネとは旧知の間柄にして犬猿の仲であった、魔族の女である。

「あんたも迷宮神に選ばれたっていうの⁉」

「それはこっちの台詞《せりふ》ですわ？　あなたのような頭の悪い魔族が、ダンジョンマスターに選ばれるなんて思ってもいませんでしたの」

「誰の頭が悪いよ⁉」

性悪女の見下しに言い返したアズリエーネだったが、そこでハッとする。

「（って、そういえばあたし、ダンジョンマスターじゃなかったんだったああああああっ！）」

ダンジョンマスターの座を人間に奪われた挙句、その眷属に成り下がってしまったのだ。

万一この事実をエミリアに知られたら最後、死ぬほど嘲笑《ちょうしょう》されるだろう。

プライドの高いアズリエーネは、そのまま訂正などせず押し通すことにした。

「道理でジメジメして陰気なダンジョンだと思ったわ！　あんたの性質をそのまま表しているわね！」

「あらあら、そんなこと言っていいんですの？　これからこのダンジョンが、あなたの働く場所になるんですのよ？」

こちらの挑発を軽く躱《かわ》して、エミリアが煽《あお》ってくる。

もしダンジョンコアを破壊されてしまった場合、ダンジョンマスターは相手の眷属になるというルールがあるのだ。

「あんたの眷属になるなんて死んでもご免よ！　あいつの眷属の方がまだマシだわ！」

「？　あいつとは誰ですの？」

「っ……何でもないわよ！」

アズリエーネは慌てて誤魔化《ごまか》す。

余計なことを言って、危うく察されるところだった。

「何にしても、わざわざ自分からあたくしのフィールドに飛び込んでくるなんて、間抜けにもほどがありますわ。見たところ魔物も引き連れてきていないようですし、ここであなたを倒して、それから悠々とあなたのダンジョンを攻略して差し上げますの」

直後、エミリアの全身から膨大な魔力が膨れ上がった。

周囲の水溜《みずた》まりから次々と水柱が立ち上がる。

魔族の戦闘モードに移行したのだ。いきなり本気でくるつもりらしい。

「魔界でつかなかった勝敗、ここでつけてやるわ！」

アズリエーネもまたそれに応じた。

彼女の赤い髪が逆立ち、周囲に幾つもの炎が燃え盛る。

「どうやら魔界の〝暴焔姫〟アズリエーネは健在のようですわね」

「〝波壊姫〟エミリア、あんたこそ、腕は鈍ってなさそうね！」

共に魔界で広大な領地を有する公爵家の令嬢であったことから、二つ名に〝姫〟を冠する彼女たち。

まずは挨拶《あいさつ》代わりとばかりに、互いに得意とする火と水の魔法をぶつけ合った。

ドオオオオオオオオンッ!!

エミリアの圧倒的な水量が、アズリエーネの炎を呑み込むが、その超高熱によってあっという間に水が蒸発してしまう。

「うふふ、どんどん行きますわよ？」

しかしエミリアは不敵に笑うと、大蛇のごとき水流を幾つも作り出す。

それが四方八方からアズリエーネに迫った。

「この程度であたしを倒せるとでも思ってるのかしらっ？」

アズリエーネの周りに炎の柱が出現、それが彼女を中心に高速回転すると、襲いくる水の大蛇を霧散させていく。

「今度はこっちの番よっ！」

そう告げるが早いか、彼女が放ったレーザーのごとき炎がエミリアを乗せていた海蛇の喉首《のど》に直撃した。

「アアアアアアアアアッ⁉」

声にならない悲鳴と共にのた打ち回り、水中へと沈んでいく海蛇。

乗り物を失ったエミリアが地上に降りてきた。

「ふん、ようやく同じ目線になったわね。あんたに見下ろされていると、死ぬほど気分が悪かったわ」

「あらあら、そんなくだらないことにこだわるのは、きっと自分の方が格下だと内心で理解しているからですわね」

「んなわけないわよっ！　燃え尽きなさいっ！」

「うふふ、溺れ死ぬがいいですわ！」

再び炎と水が衝突する。

そこから魔界の魔族たちも驚くほどの激しさで、両者の戦いが繰り広げられた。

しかしこのとき、エミリアは目の前の戦いに集中するあまり、まったく気づいていなかった。

アズリエーネの他にもう一人――そちらこそが本当のダンジョンマスターなのだが――このダンジョンに侵入しており、今まさに最深部に近づきつつあるということを。

◇◇◇

大きな滝のあるフロアで、サハギンの上位種が襲いかかってきた。

ずどんっ！

「ギョギョッ⁉」

その腹に掘削攻撃を叩き込んでやる。

まだ少し距離があったため、身体の表面が僅かに抉れる程度だったが、それでも何の前触れもなく受けたダメージに戸惑っている。

俺はすかさず連射した。

「ギョギョギョギョギョッ⁉」

何発か喰《く》らって、ようやくこれが俺の攻撃だと理解したらしい。巨漢サハギンはいったん飛び下がって、滝壺の中に退避してしまった。

「意外と慎重派なんだな。ん？」

それと入れ替わるように、通常のサハギンたちが滝壺の中から次々と姿を現した。

「おいおい、結構な数だぞ」

全部で二十体を超えるサハギンたちが、一斉に俺一人に向かってきた。

「ギョギョギョッ!!」

「「ギョギョッ!!」」

何かを命じているのか、巨漢サハギンの叫び声に、サハギンたちが応じている。

魚語はまったく理解できないが、何となく察することができた。

「滝壺まであいつを引きずり込めってか」

自分に有利な水中戦に持ち込むつもりなのだろう。

だがそう思い通りにはいかない。

飛びかかってくるサハギンたちの攻撃を躱しつつ、俺は掘削攻撃で返り討ちにしていく。

「雑魚が何匹集まってきたところで、今の俺を倒すことはできないぞ」

と、そのときだった。

巨漢サハギンが引き起こしたのだろう、滝壺の方で巨大な波が発生したかと思うと、こちらに押し寄せてきた。

ザバアアアアアアアアアアアアアアアアンッ!!

「〜〜〜〜っ！」

さすがに波を回避することはできず、呑み込まれてしまう。

そうして滝壺の中まで引きずり込まれてしまった。

「(なるほど。さっきのやり取りは時間を稼げって意味だったのかもな)」

一気に水底付近まで到達し、その水圧に苦しむ俺に、悠々とした泳ぎで巨漢サハギンが迫ってくる。

やはり水中での戦いはこちらが不利だ。

腕を動かすだけでも、抵抗が大きくて陸上よりずっと遅い。

一方の相手は、まさしく水を得た魚だ。

「(まぁ、その水を掘っちゃえばいいわけだが)」

俺は軽い手首の返しだけで――この方が水の抵抗が少ない――まずは手元の水を掘った。

するとその部分の抵抗が消失するので、次はもう少し広い範囲で腕を動かし、周辺の水を掘る。

それを繰り返していくことで、俺の周りから完全に水が消えた。

無論、できた空間が周囲の水ですぐに押し潰《つぶ》されてしまうが、すかさずその水を掘ることで維持する。


スキル〈高速掘り〉を獲得しました。


そこへ巨漢サハギンが突撃してきた。

繰り出された三叉の槍の刺突を、俺は右手の一掘りで消し去ると、左手で驚愕《きょうがく》する巨漢サハギンの頭部を直接掘ってやった。

掘削攻撃は、距離が近ければ近いほど威力が高くなる。

当然、最強はゼロ距離だ。

頭の方からこちらに突っ込んできたのが、こいつの運の尽き。直接その頭に手を触れることができるのなら、頭部を丸ごと消し去るのも不可能ではない。

頭が消失した巨漢サハギンが、水の中をフワフワと浮遊する。


【穴掘士】がレベル35になりました。


俺は他のサハギンたちを蹴散らしつつ、滝壺から脱出した。

「さて。何となくボスモンスターっぽいやつを倒したが……どっちに進めばいいんだ？　この滝を登るのか？　いや……こうした滝って、裏側に隠し通路があったりするのがセオリーだよな……

おっ、マジであったぞ」

滝壺を迂回し、滝の裏側に回ってみると、奥に続く道らしきものを発見した。

そこへ足を踏み入れてみると、その先にあったのは、宙に浮かぶ正八面体の水晶である。

「ダンジョンコアだ。やっぱり綺麗だな……」

これを破壊するというのは少し気が引けるが、放っておくとうちの方が破壊されかねない。

動かそうとしてもビクともせず、このまま持ち運べそうにもないので、

「勿体《もったい》ないけど、壊すしかないか」

◇◇◇

アズリエーネ目がけて、猛烈な勢いで迫る水流。

どうにか炎で水蒸気に変えるも、即座に押し寄せてきた追撃が、再び炎を覆《おお》い尽くした。

「くっ……！」

「あらあら！　だから言わんこっちゃないですわ。ここはあたくしのホーム。周囲に大量の水がありますもの。それを利用すれば、通常よりも魔法の威力を高めることができますわ」

苦しそうに顔を歪《ゆが》めるアズリエーネに、エミリアはまだ余裕のある表情で嗤《わら》う。

「加えてあなたが水を蒸発させるたびに、この一帯の湿度が上がっていきますの。つまり、どんどん炎が燃えにくい環境になっていってるのですわ」

「ああああっ⁉」

ついにアズリエーネは水流に呑み込まれて、そのまま背後の壁に叩きつけられた。

「うふふ、勝負あったみたいですわね？」

「っ……確かに、あんたに有利な環境下での戦いは、さすがにあたしに分が悪いようね……」

「あらあら？　あなたにしては、随分と殊勝な態度ですわね。何か変なものでも食べたんですの？」

「はっ、そう勝ち誇っていられるのも今のうちよ？」

「もうそんな負け惜しみしか言えないなんて……可哀想《かわいそう》ですわねぇ」

ワザとらしく悲しんでみせるエミリアだったが、次のアズリエーネの一言で、その表情から余裕が消えることになる。

「可哀想なのはあんたの方よ。だって、ここに侵入してきたのが、あたしだけだと思ってるんだもの」

「……どういうことですの？」

と、そのときだ。

パリイイイイイイイイインッ‼

突然どこからともなく響いてきた巨大な破砕音。

それはガラス製の何かが割れたような音だった。

「……は？」

エミリアの顔が見る見るうちに真《ま》っ青《さお》になっていく。

「だだだっ、ダンジョンコアがっ……は、破壊されましたのおおおおおおおっ⁉　う、う、嘘《うそ》ですわっ⁉　そんなはずありませんわっ！」

どうやらマルオが上手《うま》くやったらしいと理解し、アズリエーネはホッと息を吐《つ》く。

それから先ほどのお返しとばかりに、動揺しまくっているエミリアを全力で嘲笑した。

「ねぇねぇ、どんな気持ちかしら？　てっきり勝ったとばかり思っていたのに、敗北しちゃったときの気持ちって。まさに天国から地獄って展開だけれど、ねぇ、どんな気持ち？」

「黙れゴラアアアアアアアアアアアッ‼」

「あはははっ！　良い気味だわっ！　これであんたも眷属の仲間入りね！」

「……あんたも？」

「はっ？」

余計な一言を口にしてしまったと気づいたアズリエーネだが、もう遅い。

「どういうことですの？　まさか……」

「い、今のはちょっと言い間違えただけよ⁉　あたしは眷属とかじゃないし⁉　ほほほ、本当だし⁉」

「あなた、嘘を吐《つ》くのが下手過ぎではありませんの？」

ここまで目を泳がせ、あからさまに動揺を見せていれば、バレバレというものだ。

とそこへ、一人の人間がやってくる。

「お～い、アズ。ダンジョンコアを破壊してきたぞ～」

最深部でダンジョンコアを壊し、戻ってきたマルオだった。

「ん、どうしたんだ？　というか、誰だ、そいつは？」

「……こいつは魔族。このダンジョンのダンジョンマスターよ。元、だけど」

一方、エミリアはわなわなと怒りで身体を震わせていた。

「この男がっ……こんな男がっ……あたくしのダンジョンコアを……っ！　許せませんわぎゃあああああああっ⁉」

怒りに任せて攻撃しようとしたせいで、全身を激しい痛みが駆け巡ったようだ。

「ば、罰が執行されましたのっ！　つまり、あたくしはこの男の眷属になっているということっ！　やっぱり、あなたはダンジョンマスターではなかったのですわ！」

「そ、そんなこと今はどうでもいいわよ！　重要なのは、あんたが敗北したって事実だから！」

「自分だって、この男に負けて眷属になったんですわよね⁉」

「はぁ⁉　あたしはあんたみたいに負けてないし⁉　……横取りされただけだから」

「横取り？　もしかして、ダンジョンコアを契約前に奪われたんですのっ⁉　ぶふふっ！　そっちの方がよっぽどダサいではないですの！」

「ううう、うるさいわねっ！」

罵り合っている二人に、マルオは呆《あき》れた様子で呟《つぶや》く。

「……おいおい、なんか随分と仲が悪いな？」

◇　◇　◇

『ダンジョンコアの破壊に成功しました。敵ダンジョンを自ダンジョンに取り込みます。……取り込みが完了しました』

ダンジョンコアを壊したことで、このダンジョンが俺のダンジョンの一部になった。

実際にマップで確認してみると、ちゃんと表示されるようになっている。

「こうしてみると、改めてほとんど一本道なダンジョンだな。まぁ、人のことは言えないけど」

元来た道を引き返すと、魔物の姿をまったく見かけなくなっていた。どうやら魔物を引き継ぐことはできないらしい。

「サハギンとか見た目が気持ち悪いし、別に構わないけど」

ただ、川や地底湖などのフィールドはそのままのようだ。

「お～い、アズ。ダンジョンコアを破壊してきたぞ～」

道すがらアズを発見。よく見るとすぐ近くには別の女性の姿があった。青い髪の妖艶な美女である。

「誰だ、そいつは？」

「……こいつは魔族。このダンジョンのダンジョンマスターよ。元、だけど」

彼女の名はエミリアというらしい。

なぜ名前を知っているのかと思っていると、エミリアが声を荒らげた。

「この男がっ……こんな男がっ……あたくしのダンジョンコアを……っ！　許せませんわぎゃああああああっ⁉」

きっと俺を攻撃しようとしたので罰が執行されたのだろう、途中で怒声が悲鳴に変わる。

アズと同様、眷属になったみたいだ。

それからなぜか二人でめちゃくちゃ喧嘩《けんか》し始めてしまった。

「……おいおい、なんか随分と仲が悪いな？」

そのやり取りを聞いていると、どうやらこの二人、魔界にいた頃に面識があったみたいである。

当時から犬猿の仲だったようだ。

「まぁまぁ、喧嘩は後にして、とりあえずいったん拠点に戻るぞ」

ひたすら醜い言い争いをする二人に見かねて、俺は強引《ごういん》に彼女たちの間に割り込んだ。

「元はと言えば、全部あんたのせいなんだけど⁉」

「人間ごときが口を挟まないでもらえますの⁉」

するとそろって怒鳴りつけてくる。それが攻撃的だったせいか、

「「ぎゃあああああああああっ⁉」」

二人仲良く罰を受けることになった。

「く……屈辱だわ……魔界の貴族だったあたしが……こんなやつに……」

「あたくしはこれからずっと、こんな人間に逆らうこともできないということですの……？　ぜ、絶望しかないですわ……」

随分な言われようだな。

「いいから早く戻るぞ」

俺は溜息混じりにそう告げながら、二人の腕を摑《つか》んだ。

右手はアズ、左手はエミリアである。

「ちょっ、何をっ……」

「する気ですのっ⁉」

「連れて帰ってやろうと思って」

彼女たちの腕を掴んだまま、俺は地面を蹴って走り出した。

「「～～～～～～～～～～～～～～～～っ⁉」」

二人の身体が宙に舞い、旗のようにはためく。

「何やってんのよおおおおおおおおっ⁉」

「どどど、どういう筋力してますのおおおおおっ⁉」

無理やり振り解《ほど》こうとしたら罰を受けることが分かっているようで、二人はただひたすら悲鳴を上げ続けた。

そうして走ること数十分。

ようやく生活拠点が見えてきて、俺はゆっくりと速度を落とした。

二人からも手を放してやる。

「し、死ぬかと思ったわ……相変わらず出鱈目なやつね……」

「あたくし、少しチビってしまいましたの……」

げっそりとした様子の彼女たち。

お陰でもう喧嘩をする気力もなさそうである。

「この人間の男、見かけによらず、なかなかやりますわね……。なぜボスが護っていたはずのダンジョンコアが破壊されたのか、理解できましたわ……」

そこでエミリアは吹っ切れたように、

「こうなったら仕方がありませんわ！　このダンジョンを思い切り盛り立ててやりますの！　あた

くしのダンジョンを破ったのですもの、きっと相応のポテンシャルがあるはずですわ！」

「言っておくけど、エミリア。その期待はしない方がいいと思うわ」

「畑に果樹園に養殖場……魔物はどいつもこいつも弱そうなモフモフ……トラップも名ばかりのものしかなく……あたくしはこんなやつに負けたんですのおおおおおおおおおおおおおおおおおおおおおおおおおおおっ⁉」

第六章 特別招集

ダンジョンを吸収したあと、ダンジョンポイントが大きく増えていた。

どうやらエミリアのダンジョンが保有していたダンジョンポイントが、丸ごと俺《おれ》のポイントに加算されたらしい。

「随分と貯《たくわ》えていたんだな。俺なんて、あればあるだけ使ってしまうのに」

「万一のときに備えていたんですの。誰《だれ》かさんのせいで無駄になってしまいましたけれど」

俺は早速そのポイントを利用し、まずは「迷宮構築」で未確認だった残る二つを使用した。

「迷宮構築Ⅰは……何だ、これ？」

巨大な樽《たる》のようなものが出現し、困惑する。

「入り口があるな？　もしかして中に入れるのか？　……熱っ⁉」

樽の中は高温になっていた。石が敷き詰められたストーブが焚《た》かれているのだ。

「サウナじゃないか」

どうやら迷宮構築Ⅰは「サウナルーム」だったようだ。

しかも本格的なバレル式である。

「なぜここにきてサウナが……」

『このサウナには特殊な効果があります』

「特殊な効果？　具体的には？」

『整うことが可能です』

「いや整うってなに？」

言葉自体は聞いたことはあるのだが、抽象的すぎてよく分からない。

だがシステムはそれ以上のことは教えてくれなかった。

さらに最後の迷宮構築Jを作成すると、様々な器具が出現した。

「トレーニングマシン？」

持久力を鍛えるためのランニングマシン、腹筋を鍛えるアブドミナルマシン、それから大胸筋などを鍛えるチェストプレスマシン、足を鍛えるためのレッグプレスマシンなどなど、トレーニングのための器具がずらりと並んでいる。

まるでスポーツジムだ。

迷宮構築Jは「トレーニングルーム」らしい。

『このトレーニングルームで鍛えることで、ステータス上昇効果が期待できます』

そりゃ、トレーニングをしたらステータスは上がるような……？

それから俺は魔物強化を使い、従魔たちをどんどん強化していった。

今回はあまり発展していないダンジョンだからよかったが、もっと高レベルのダンジョンと連結してしまった場合、今のままでは対処し切れないかもしれない。できる限り従魔たちを強くしておくべきだと考えたのだ。
そうしてポイントを消費していると、
『おめでとうございます！　レベルアップしました！　新たな機能が追加されました』
レベルが6に上がった。
追加された機能は「魔物生成Ⅱ」である。

アンゴラージ（5）
ポメラハウンド（10）
エナガルーダ（15）
スモークトレント（20）
チンチライオン（30）
魔物F（50）
魔物G（100）
魔物H（200）

「作れる魔物が増えたな。……かなり要求ポイントが大きいが」

「要求ポイントが大きいということは、強い魔物を作れるということですの！　期待できますわね！」

「期待なんてしても無駄よ、エミリア」

興奮しているエミリアに対し、アズは完全に冷め切っている。

「どうせまたモフモフしか生まれてこないわよ」

「まぁ、その辺はやってみないと分からないしな」

俺はひとまず魔物Fを作成してみる。

すると地面からにょきっと生えてきたのは、大きなモフモフの塊だった。

「ほら、見なさい！　やっぱりモフモフじゃないの！」

アズが呆《あき》れ顔で叫ぶ。

「というか、ほとんどアンゴラージじゃないか、こいつ……？」

ビッグアンゴラージよりも大きいが、見た目は瓜《うり》二つだ。

ただ、アンゴラージはまんじゅう型なのに対し、こちらは少し縦方向に長い。

「うほうほ」

「鳴き声はぜんぜん違うな。ん？　よく見ると、手足がある？」

白い毛に覆《おお》われているせいで分かりにくかったが、二本の足で立っている様子。

『**イエティという雪猿の魔物です**』

だから「うほうほ」って鳴くんだな。

このイエティ、猿だけあってかなり賢かった。こちらの言ったことをほとんど理解できるようで、

「右手上げて」

「うほ」

「左手上げて」

「うほ」

「右手下げないで、左手下げて」

「うほ」

「すごい、完璧《かんぺき》だ」

こちらの指示通りに手を上げ下げする、というような芸当も一瞬で覚えてしまった。

フェイントにも引っかからないし。

なので穴掘りはもちろんのこと、手を使って器用に収穫作業までやってくれるようになった。

「文句しか言わない誰かさんたちより、よっぽど役に立つな」

「ちょっと、それ誰のことよ！」

「聞き捨てなりませんわね」

俺の嫌味《いやみ》に、その誰かさんたちが反応する。

一人はソファに寝転がって果樹園で採れたリンゴをむしゃむしゃ食べていて、もう一人はポメラハウンドにもたれ掛かって欠伸《あくび》を嚙《か》み殺《ころ》している。

「お　ま　え　た　ち　だ　よ」

無論、アズとエミリアのことだ。

こいつら本当にずっとリビングでぐうたらしているだけで、まったく働かないのである。

リビングのソファで寝ているか、魔族女子トークをしているか、何か食っているか、だいたいこのどれかだ。

穴掘りや収穫作業はもちろん、魔物を倒すこともしていない。

まぁ、アズは前からずっとこんな感じなので今さらだが……。

「……エミリア、お前もか」

役に立たない眷属《けんぞく》が増えてしまった。

子供たちでさえ、穴掘りや収穫作業の手伝いをしてくれているのだ。最近は食事を作ってくれたりもしている。

「お前たちも少しは働けよ」

「だって、そういうことはすべて召使いにやらせてたし」

「そうですわ。あたくしたちのような高貴な魔族が、そんな地味な作業なんてできませんの」

「今のお前らは俺の眷属だろ」

「「うっ」」

この二人、魔界にいた頃には裕福な暮らしをしていたようだ。

一応その当時は敵対関係にあったみたいだが、

「たとえ眷属になっても、心までは屈しないから！　そうよね、エミリア！」

「そうですわ、アズリエーネ！　あたくしたちの矜持《きょうじ》までは奪えませんわね！」

「……何で仲良くなってるんだよ」

そろって抵抗してくる二人に、俺は嘆息する。

「だったら、身体に分からせてやるしかないかもしれないな？　言っておくが、こっちの任意で罰を与えることもできるんだぞ？」

「「ひっ⁉」」

眷属たちが俺を攻撃しようとしたとき、自動的に発生する罰。

実はこれ、能動的に執行することも可能なのだ。

「わわわ、分かったわよっ！　何かすればいいんでしょ⁉」

「ししし、仕方ありませんわねっ！　働いて差し上げますの！」

「料理くらいなら、あたしたちにもできるはずよ！」

「ですわ！」

というわけで、二人に料理をしてもらったのだが、

「何だ、これは……本当に食べ物なのか……？」

できあがってきたのは、この世のものとは思えない色をした謎《なぞ》のスープだった。

紫色のスライムみたいなのが蠢《うごめ》いてるし、なんか匂《にお》いもヤバいし……。

「どうよ！　自信作よ！」

「この程度、あたしの手にかかれば朝飯前でしたの！」

「これ、本当にうちの食材だけで作ったんだよな……？」

「そうよ」

「そうですわ」

「……ちなみに、味見はしたか？」

「してないわ」

「してませんの」

何で料理が下手なやつに限って、ちゃんと味見しないんだろうな？

「見た目は確かにちょっとアレかもしれないけど、味は確かよ！」

「味見してないのに何で分かる？」

「いいから早く食べてくださいまし！　あたくしの手料理なんて、魔界だったら誰もが食べたがったはずですの！」

二人に促され、俺はしぶしぶその謎の物体に手を伸ばそうとして、

「「ぎゃあああああっ⁉」」

「ん？　どうした？」

「ちょっと⁉　何で罰を受けないといけないのよ⁉」

「酷《ひど》いですの！」

「え？　俺の意思でやったわけじゃないぞ？　ということは……」

どうやら俺に料理を食べさせようとする行為が、攻撃的なものと判断されたみたいだ。

つまり、食べたらヤバいものだということ。

「よし、まずは自分たちから食ってみろ！　おら！」

「「もごもごっ⁉」」

俺は無理やり彼女たちの口の中に、スープに入っていた謎の物体を突っ込んでやった。


「「おえええええええええええええええええええええええええっ⁉」」


盛大に吐き出す二人。

「ななな、何よ、このマズい食べ物は……っ⁉」

「この世の終わりのような食べ物ですわっ⁉」

……やっぱりな。食わなくてよかった。

「きっとあんたが調味料の分量を間違えたせいよ！」

「何であたくしのせいにするんですの⁉　あなたが果物なんて入れたからですの！」

アズとエミリアが責任を押し付け合っている。なんて見苦しい。

「てか、調味料とか、そういうレベルの話じゃないだろ……。果物は確かにスープに入れるのはあれだが……」

「お、お兄さん……あの……」

「ん？　どうした、シーナ？」

おずおずとシーナが指さしたのは、台所の方だ。

見に行ってみると、そこにはとんでもない光景が広がっていた。

散乱した食材と調理器具。あちこちに不気味な色の液体が飛び散り、調理台も床も傷だらけになっている。

極めつけは、焼け焦《こ》げたコンロ周辺。

もはや料理の跡というより、戦いの痕だ。

「お姉さんたちに料理させるの、やめてほしいです……」

「うん、そうだな。そうする」

アズとエミリアには二度と料理させまいと誓う俺だった。

そして子供たちに言い聞かせる。

「……いいか、みんなはあんな大人になっちゃダメだぞ？」

「「「はい！」」」

そんな使えない大人たちと違って、イエティは本当に有能だった。なにせ料理まで普通にこなしてしまうのだ。

器用に包丁で野菜を切ったり、フライパンで炒《いた》めたりといったこともできるし、一度レシピを教えれば、その通りに作ることもできる。

「人間とほとんど知能が変わらないんじゃないか？」

「うほうほ」

もちろん戦闘能力も高い。

見かけによらず俊敏に動けるし、何より驚くべきはその怪力だ。

「うほうほっ！」

「ブヒィッ⁉」

身体の大きなオークを軽々と持ち上げ、思い切り地面に叩《たた》きつけることができるほど。

「うほうほ」

「え？　トレーニングルームを使いたい？」

「うほうほ」

しかもイエティは、トレーニングルームで筋トレまで始めてしまった。

使い方もちゃんと理解しているみたいだ。

そんなイエティに150ポイントを消費して魔物強化を使うと、身長三メートルを超えるボスイエティに進化した。

「うほうほうほっ！」

「めちゃくちゃ強そうだ」

さらに俺は魔物Gを作成してみる。

100ポイントも要求されるが、それだけ強力で有能な魔物のはずだ。

「え？　羊？」

壁から現れたのは、全長二メートルを超す大きなモフモフだった。

その見た目から羊かと思ったが、

「ぶひぶひ」

「鳴き声が豚だな」

『マンガリッツァボアという猪の魔物です』

「猪なのか」

マンガリッツァボアは、イエティほどの知能はないものの、凄《すさ》まじい突進力を持つ魔物だった。

「「「ワオオオオンッ⁉」」」

その威力は、ダンジョンに侵入してきたコボルトの群れを、たった一度の突進で丸ごと吹き飛ばし、瞬殺してしまうほどである。

そして２００ポイントを消費し、魔物Ｈも作成してみた。

「くまー」

「これは見ただけで分かる。シロクマの魔物だ」

『はい。シロクマの魔物、シロクマモーンです』

「くまくまー」

鳴き声と見た目は可愛《かわい》らしいシロクマの魔物だが、大きさは全長三メートルを超え、手足には鋭い爪《つめ》が付いている。

試しにダンジョンに侵入してきたトロルと戦わせてみると、

「くまー」

ズシャッ。

爪の一撃でトロルの首が飛んだ。

一応、トロルは大型の魔物で、危険度Cの上位の強さを持つらしいのだが……。

「これを強化したらどうなってしまうんだ……?」

生憎《あいにく》と強化に600ポイントも必要なので、今はやめておこう。

そうして新しい魔物を作成しつつ、俺は残っていたフィールドEを使用してみた。

「ん? 何だ、これは? 草原……?」

フィールド変更を施した一帯が、芝生のように変化したのだ。

『畜産フィールドです』

「畜産……? ってことは……」

『はい。家畜を生産することが可能なフィールドです』

「え? 家畜を生産できる?」

これまで畑で勝手に作物が育ち、養殖場で勝手に魚が発生していたように、ここでは放っておくと勝手に家畜が現れるという。

「もはや何でもありだな……。いや、魔物がどこからともなく出現するくらいだ。家畜が自然発生するのに今さら驚く必要もないか」

だがこのままだと、そのうち勝手に人間が生えてくるようなフィールドができそうで怖いな……さ、さすがにそれはないか。

しばらく放っておくと、本当にフィールド上に牛や鶏が現れるようになってしまった。

「すごいわ。お肉食べ放題じゃん」

「やった〜っ！　リッカお肉大好き〜っ！」

「料理に使っていいんですか？　はい、捌《さば》くくらいできると思います」

畜産場で獲《と》れた家畜を、子供たちが手際よく捌いて肉へと変えていく。

魚を捌くのならすでに何度もやっているが、家畜となるとまた勝手も違うだろうに……さすが異世界の子供たちはタフだな。

「せっかくだから、今日はこの肉でバーベキューにしよう」

「「はーい！」」

そうして子供たちが切り分けてくれた肉を、鉄板の上で焼いて口にする。

まずは牛肉からだ。

「「「うまあああああああああああああああああああっ!!」」」

食べた瞬間、口の中いっぱいに広がる肉の旨味。

めちゃくちゃ柔らかく、あっという間に溶けてなくなってしまった。

「はわわっ……牛肉ってこんなに美味《おい》しいんですねっ……」

「美味し過ぎてヤバい」

「こっちの豚や鶏も美味しいよ！」

夢中になって食べている子供たち。頑張って準備してくれたから、彼らにはぜひたくさん食べてもらいたい。

「魔界で食べてた肉より、断然美味しいんだけどっ……もぐもぐもぐっ……」

「本当ですわっ！　はぐはぐはぐっ……」

アズとエミリアも必死に肉を頬張《ほおば》っている。こいつらは何の準備もしてなくて、ただ食っているだけだ。

「あっ、その肉はあたくしが狙《ねら》っていたやつですのっ！」

「知らないわよ！　早い者勝ちでしょ！」

「だったらこの辺、全部もらっていきますの！」

「ちょっと、まだ焼けてないでしょうが！」

しかも醜い争いをしてるし……子供たちは仲良く食べているというのに。

「……本当にあんな大人にはならないようにしたいです」

「あはは、そうだね」

「恥ずかしくないのかしら？」

ぜひ反面教師にしてほしいと思う。

と、そんな感じで肉を食べまくっていると。

「なんか良い匂いがすると思ったら、バーベキューでござるか！」

「おお、金ちゃん。良いとこに来たな」

坂口金之助《さかぐちきんのすけ》だ。秘書のメレンさんも一緒である。

「よかったら二人も食べるか？　うちで獲れた肉なんだ」

「うちで獲れた……？」

金ちゃんは眉根《まゆね》を寄せて訊き返してから、何かピンときたようで、

「も、もしかして、でござるが……まさか野菜や魚だけでなく、ダンジョンでお肉まで獲れるようになった……なんてことは、ないでござろう？」

「実はそうなんだよ。ほら、こっち」

驚く金ちゃんたちを畜産場へ連れていく。

「牛や豚がいるでござる⁉　あっちには鶏も⁉」

「この辺りで勝手に湧《わ》いて出てくるようになったんだ」

「そんなのありでござるか⁉　生き物でござるよ⁉」

「魔物だって作れるんだし、そう不思議じゃないだろ」

「確かにそう言われればそうかもでござるが……」

ちなみに食用の牛だけでなく、乳牛もいる。見た目が全然違うので見分け方は簡単だ。

また、鶏は肉になるだけでなく、卵も産んでくれる。肉用は大型で、卵用は小柄なので分かりやすい。

「「うまあああああああああっ⁉」」

肉を食べた金ちゃんとメレンさんもまた絶叫する。

「この肉、元の世界の高級肉以上の美味《うま》さでござるよ！　ぜひこれもうちで扱わせてほしいでござる！」


「ちょっと丸くん！　どういうことですか！」

金ちゃんに肉や卵などを卸すようになった数日後。商会の地下に繋《つな》げているルートから、天野《あまの》たち勇者パーティがやってきた。

「何で勝手に入り口を封鎖しているんですか！」

いきなり詰め寄ってきたのは、【聖女】の住吉美里《すみよしみさと》だった。

「あ、そういえば」

「急に入り口が消えていたから探したんですよ！」

王都から最も近い位置にあったダンジョンの入り口。

俺が穴を掘り始めた場所でもあるこれは、あまりにも街に近いため、また誰かが侵入してくるかもしれないと思い、閉鎖したのだった。

だがそのことを、美里たちには言ってなかったのである。

「悪い悪い。伝えたかったんだが、その手段がなくて。けど、そっちのルートから来たってことは、金ちゃんから？」

「……そうですよ。金之助くんが教えてくれたんです」

不満そうに頬《ほお》を膨らませながら、美里が言う。

「このダンジョンで採れた作物を、金之助くんのお店で売ってるみたいですね」

金ちゃんの商会が急成長しているとの情報を得て、訪ねてみたのだという。

「どこから手に入れたのか分からない、異常に美味しい作物を売ってると噂になっていたので、もしやと思ったんです。まさか、魚や肉までダンジョンで採れるようになっているとは、思ってもいませんでしたが……」

そこで美里の視線がリビングで寝転ぶ二人に向けられる。

「ところで……女の子が一人、増えているように見えるんですけど……どういうことですかね？」

「ああ、エミリアのことか。あれから色々あってな」

「色々って何ですか？　詳しく教えていただけますか？」

「お、おう……」

なぜか厳しく詰め寄ってくる美里。その圧に、俺は思わず後ずさった。

「ははっ、穴井《あない》も隅に置けないな！」

「あなりん、なかなかやるじゃ～ん！」

「いや、エミリアはそういうんじゃないから。もちろんアズも」

盛大に勘違いしている様子の天野と神宮寺《じんぐうじ》に、俺はきっぱりと否定する。

「また綺麗《きれい》な女の子を……羨《うらや》ましけしからん……」

大石《おおいし》に関しては無視だ。

俺は別のダンジョンと激突し、それを吸収したことを彼らに話した。

「……偶然にしては、可愛い女の子ばかりですね？」

「本当に偶然だって」

「どうだか」

俺が狙って女の子を眷属にしているとでも思っているのだろうか。もし狙って眷属を増やせるのなら、もうちょっと役に立つ眷属を狙うって。

心の中でぼやいていると、

「お兄さん、もしかしてお友達さんですか？」

「へー、あんた、友達いたんだ。意外」

「ま、マインちゃん、その発言は失礼だよ……？　キンチャンさんのこと忘れてますし……」

「あれはおじさんじゃないの？」

リビングでの話し声が聞こえたのか、自室にいた子供たちがやってきた。

「っ……まさか、こんな幼い子供たちまで……っ⁉」

目を見開いて絶句してから、美里がゴミムシでも見るような視線を俺に向けてきた。

「……見損ないました」

「ちょっと待て。また何か勘違いしてないか？」

「じゃあ、どうして女の子ばかりなんですか！」

正確には女の子ばかりではないのだが。

「しかも可愛い子ばかり！　丸くんの変態っ！　ロ○コン！」

「だから違うって⁉」

「穴井！　さすがにそれはダメだぞ！」

「あなりん、あたしもひいちゃうんだけど……？」

「お前たちまで……」

彼らの誤解を解くべく、俺は必死に経緯を説明したのだった。

「……なるほど。そういうことだったんですね」

「納得してくれたか……」

安堵《あんど》の息を吐《つ》く俺。このままロ○コン扱いされることにならなくて助かった。

「お兄さんのお陰で、リッカたち救われたんだ！」

「う、うん。だからお兄さんのことを悪く言わないで……」

子供たちも頑張ってフォローしてくれる。

「手も出されてない。今のところはね」

「ふん、どのみちこいつにそんな度胸なんてないわよ」

ミルカとマインはあまり俺をフォローする気はないらしい。

「だ、大丈夫ですっ……お兄さんは、いつもすごく優しくしてくれますから……毎日お風呂《ふろ》で身体を綺麗にできて、ベッドもふかふかですし……」

シーナの発言は、聞きようによってはむしろ危うい意味にとられかねない。

「……と、とにかく、心配されるようなことは何もないからな」

「いいや、何か問題があってからでは遅い！」

「先生？」

いきなり大石が叫んだので驚く。

血走った眼をした大石は、拳《こぶし》を握りしめながら、

「ここは教師として、しばらく一緒に暮らして君たちの生活をチェックしなければ……っ！　ハァハァ……」

「お前こそ下心マックスだろうが」

元の世界に戻ったら、真っ先にこいつを教育現場から追放したいところである。

「むっ！　あれは……っ⁉」

「今度は何だ……？」

「筋トレ器具じゃないか！」

天野がトレーニングルームを発見し、目を輝かせながら近づいていく。

「見事なラインナップだ！　まさかこれもダンジョンの力で⁉」

「あ、ああ、そうだが」

「すごい！　ちょっと使ってみても構わないかっ？」

「別に構わないが……」

許可すると、嬉々《きき》として筋トレを始める天野。これだから脳筋は……。

「うほうほ」

「ん、何だ？　お前もやるのか？」

「うほうほ」

「なっ⁉　この重量を軽々と⁉　すごいパワーだ！　くっ、オレも負けないぞ！」

そしてなぜかイエティと競い出す。

「何やってるんですか……」

美里が呆れたように息を吐く。どうにか俺への追及も途切れてくれたようだ。

その後、天野が満足したところで、まだ「ぼ、僕はあくまで、教師として言っているんだ……っ！」

などと喚《わめ》いている大石を無理やり引きずり、帰っていったのだった。

「もちろんまた来ますから。いいですね？」

「あ、ああ……」

……去り際の美里に恐ろしい宣言をされてしまったが。

◇　◇　◇

「特別招集？」

冒険者ギルドに戻った天野正義《まさよし》たち勇者パーティを待っていたのは、王宮からの呼び出しだった。

基本的に自由行動を許されている勇者たちであるが、時に国からの招集を受けることがあるとは聞いていた。

ただ、これが初めての事例である。一体何事だろうかと不安を抱きつつ、王都内にいた彼らは、すぐに王宮に向かった。

王宮に着いた彼らを出迎えてくれたのは、この国の王女様だ。

「急にお呼び出ししてしまい、申し訳ありません。実は皆様の力をお貸しいただきたい事案が発生いたしまして……」

彼女の名はセレスティア。

まだ弱冠十八歳の第四王女ながら、他の王子王女を差し置いて、十数年ぶりとなる今回の勇者召喚の責任者を務めた人物でもある。

王女ながら腰が低く、いきなり召喚された勇者たちがあまり抵抗なくこの異世界の事情を受け入れることができたのは、彼女のお陰と言っても過言ではないだろう。

「実は危険度B相当と目される魔物が、この王都からそう遠くない場所に出現したのです」

危険度B。

小規模な都市であれば、単体で壊滅させ得るとされる強力な魔物だ。

「すでに幾つかの村が全滅し、村人がその餌食になってしまったとの報告が寄せられていました。そこで二十人規模の部隊を出動させたのですが……」

返り討ちに遭い、半数近い死傷者を出しながら撤退を余儀なくされてしまったという。

「こちらは精鋭ばかりを集めており、十分な戦力のはずでした。ですが、敵は予想を超える強さだったのです」

そこでその部隊を率いていたという騎士が呼ばれ、当時の状況を語ってくれた。三十代半ばほどのベテラン騎士だ。

一通り説明を終えてから、彼は神妙な面持ちで自身の推測を口にする。

「これは私の予想だが、あの魔物は間違いなく特殊個体だ」

「特殊個体？」

「魔物の中には、他の魔物を積極的に喰《く》らうことで強くなっていく個体が存在する」

魔物同士での争いは決して珍しいことではない。

だがその多くは自分の縄張りを護《まも》るためや、食事のためだ。

一方で、ただひたすら他の魔物を殺すことに快楽を覚えるような魔物がいる。

この手の魔物は、人間が魔物を倒してレベルを上げていくように、急速に強くなっていくのである。

こちらが予想を見誤り、大きな被害を出してしまったのは、それが原因だとベテラン騎士は告げた。

「恐らくそう遠くないうちに上位種に進化するだろう。当然このタイプの魔物はそこでは終わらない。さらに魔物を喰らい続け、やがて手が付けられないような魔物にまで進化してしまう……ゆえに今のうちに必ず始末しておかなければ」

「そこで皆さんには、騎士団と協力し、その魔物を倒していただきたいのです」

セレスティア王女が話を引き継ぐ。

「他のドラゴン級の勇者様方にも連絡を取ろうとはしているのですが……なかなか居場所を把握できない方も多く……」

ドラゴン級の勇者たちは、クラスの中でも一癖《ひとくせ》も二癖もある者が少なくない。この異世界に来てからも、独自の行動をしているケースが多くて、正義たちも今誰がどこにいるのか、分かっていなかった。

「(このパーティも大概ですけど……まだマシな方かもしれないですね)」

内心で苦笑するのは住吉美里だ。

ドラゴン級以外の勇者たちには荷が重そうな任務であることを考えれば、王女としては、是が非でも彼女たちの協力を得たいところだろう。

「そういうことなら、オレたちに任せてくれ!」

正義が二つ返事で請け負った。

「(また勝手に……。でもさすがに断るわけにもいきませんね)」

仲間たちに相談することもなく頷《うなず》いてしまう彼に、美里は少し呆れつつも、王女の頼みを受け入れるのだった。

◇ ◇ ◇

「「「わうわうわうっ!」」」

その日、慌てた様子のポメラハウンドたちが、穴掘り作業に勤《いそ》しんでいた俺のところまで駆け寄ってきた。

「え？　なんかヤバい魔物がダンジョンに入って来たって？」

「「「わうわう！」」」

外から侵入してきた魔物に関しては、すべて従魔たちに任せていた。いちいちシステムから通知が来るのも煩《わずら》わしいので、ある程度、生活拠点まで近づいてきた場合だけ通知してもらう設定にしてある。

時には強い魔物が現れることもあったが、各所に強化させた上位種を配置しており、大抵はそこでケリがつくはずだった。

だがそのうちの一体である強化ポメラウルフが、やられてしまったという。

「場所は……この辺りか」

マップでその魔物の位置を確認し、俺は現場へと急いだ。

「味方がどんどんやられてるな。確かに並の魔物じゃなさそうだ」

その間もマップを見ていたのだが、味方の魔物を表す黒い点が、敵を示す赤い点によって次々と消されていた。

「この先だな……」

やってきたのは少し広く掘ってある場所。

ここはチンチライオンジェネラルを配置していたところだが……。

「っ……いたぞ。随分とでかい魔物だな」

そこにいたのは、全長五メートルを超える巨大な影。

俺の気配に気づいてこちらを振り向く。

「人間の顔？」

頭部についていたのは人間のような顔だった。こちらを嘲笑《あざわら》うような表情を浮かべて、口から
「キシシシシシ……」という不気味な声を漏《も》らしている。

頭は人間のそれとよく似ているが、身体は獅子《しし》や虎に近い。そして長く伸びた尾の先端には、幾つもの棘を有する瘤《こぶ》が付いていた。

「人面虎の魔物……マンティコアってやつか」

マンティコアの近くには、モフモフの猫が倒れている。

「一段階強化したチンチライオンジェネラルでも、勝てなかったのか」

チンチライオンの上位種、チンチライオンジェネラル。それをさらに一段階強化した個体もまた、強化ポメラウルフ同様、敗北を喫してしまったらしい。

まぁ相手は全長五メートルを超える、いかにも凶悪そうな魔物だ。無理もないだろう。

「わうわう！」

「ん？　あの棘に気を付けろ？」

「わう！」

「なるほど、毒が付いてるのか」

直後、マンティコアが地面を蹴《け》り、猛スピードで襲いかかってきた。

俺はその突進を横に飛んで躱《かわ》すと、掘削攻撃を繰り出す。

「～～～ッ⁉」

マンティコアの脇腹《わきばら》が抉《えぐ》れた。ただし傷は浅い。

驚きながらも、マンティコアはすぐさま距離を取った。

「キシシシ……」

警戒した様子でこちらを睨《にら》みつけてくるマンティコア。一体どうやってダメージを受けたのか、理解できないのだろう。

「にしても随分と賢いな。伊達《だて》に人面はしてないってことか」

「キシシシシッ！」

耳障りな鳴き声を発したかと思うと、マンティコアが思い切り尾を振り回した。

すると瘤についていた棘がこちら目がけて飛んでくる。

「っと、危なっ」

俺は咄嗟《とっさ》に目の前に玄関を作成。出現した扉に、棘がズバズバと突き刺さっていく。

「キシシシッ⁉」

防がれると思っていなかったのか、驚くマンティコア。

「厄介な攻撃だな。あれだけ細長いものが分散して飛んでくるとなると、穴掘りじゃ防げそうにないし……」

加えてあの巨体なのに、意外と俊敏だ。

こちらの攻撃をかなり警戒しているようだし、あの棘を回避しつつ距離を詰めるのは簡単ではないだろう。

「ッ⁉」

「けど、戦う相手が俺だけだと思うなよ？」

マンティコアの周囲に、突如として地面から次々と樹木が生えてきた。

俺が今、新たに作成したスモークトレントたちだ。

さらに彼らを強化し、エビルスモークトレントへと進化させていく。

「「「わさわさわさ」」」

「キシシシッ！」

マンティコアは尾を振り回し、四方に棘を撃ち放つ。

しかしそれはスモークトレントのモフモフの綿毛に突き刺さるだけで、幹には届かなかった。

「相手は樹木の魔物だし、仮に毒刺が刺さったところで、すぐには効果が出ないだろうけどな」

シュルシュルシュルシュルッ‼

そしてエビルスモークトレントたちが一斉に枝を伸ばし、マンティコアの全身へと巻き付けていく。

必死に暴《あば》れたマンティコアだったが、やがて完全に身動きができなくなってしまった。

無論、危険な毒刺のある尾も振り回すことができない。

俺は悠々と近づいていった。

「アアアアアッ……」

懇願しているのか、急に赤子が泣いているかのような声を発し始めるマンティコア。

「いや、そんなおっさんの顔で泣かれても情状酌量の余地はないぞ」

俺は容赦なく掘削攻撃をお見舞いし、マンティコアを仕留めたのだった。


【穴掘士】がレベル42になりました。

◇◇◇

「見ろ、これは間違いなく奴《やつ》の足跡だ。恐らくもうそう遠くない場所にいるはずだぞ」

騎士部隊を率いるベテランの騎士隊長が、地面にできた大きな足跡を指しながら、警戒の面持ちで告げた。

「今回は前回よりさらに多い、五十人もの精鋭騎士たちを集めた。しかも、ドラゴン級の勇者が四人もいる。これ以上、奴の……マ、マ、マンティコアの脅威が強まる前に、今度こそ討伐を成功させるぞ……っ！」

「「「おおおおおっ！」」」

雄叫《おたけ》びを上げ、気合十分の騎士たち。

しかしそれから数時間後。彼らは一様に浮かない表情を浮かべていた。

「……申し訳ありません、隊長。やはりこの半径一キロ以内にも、力のある魔物の気配はないようです」

「どういうことだ？　これだけ捜しても、なぜ奴が見つからないのだ……？」

【斥候】のジョブを持つ部下の報告を受けて、騎士隊長は首を傾《かし》げる。

特殊個体の可能性があるマンティコアを討伐するため、五十人規模の騎士たちが徹底的に捜索しているというのに、なぜかそのマンティコアがなかなか発見できないのだ。

作戦に参加している勇者たちもまた、この状況に困惑していた。

「さっき足跡が見つかったってことは、近くにいるはずだよな？」

「そうですね……もしかしたらこちらの戦力を察知し、どこかに逃げたのかもしれません」

「めっちゃ頭いい奴じゃん！」

正義の言葉に美里が頷き、詩織《しおり》が驚いたように叫ぶ。

「あるいはどこかに隠れて隙を窺っているか……」

「なるほど！　気を抜けないな！」

正義が注意深く周囲を見回した、そのときである。

「隊長！　こちらにマンティコアのものと思われる足跡が！」

新たな報告を受け、騎士隊長と共に勇者たちもその場所へと向かった。

するとそこにあったのは、確かに先ほど見つけた足跡と瓜二つの足跡だ。

しかし――

「この洞窟は……まさか、マンティコアはこの中に？」

その足跡の先に洞窟らしきものを見つけたのだ。

足跡の向きから推測するに、マンティコアはこの中に入っていった可能性が高い。

「マンティコアは巣穴など作らない。つまり奴の巣というわけではないだろう」

「この気配……もしかしたらダンジョンかもしれません」

「ダンジョンだと？」

【斥候】の部下の指摘に、騎士隊長は信じられないとばかりに呻いた。

「まさか、こんな場所に未発見のダンジョンがあったとは……」

「幸い入ってすぐのところに魔物がいる様子はありません。入ってみますか？」

「……ああ」

十分に警戒しつつ、中へと足を踏み入れる一行。マンティコアが中にいる可能性があるだけではない。もしここが本当にダンジョンであれば、魔物やトラップの危険性もあった。

「な、なぁ、このダンジョン……もしかしてだが……」

「……はい、私もそう思いました」

「む？　勇者様？　何かありましたか？」

「い、いえ、何でもありません」

狭い入り口を通り抜けた先は、それなりの広さの通路になっていた。

これなら全長五メートルあるマンティコアであっても、奥に進むことができるだろう。

「隊長、相当奥深くまで続いているようです。ダンジョン用の装備を用意してきていませんし、これ以上の探索は避けた方がよいかと。それにマンティコアが現れた場合、この広さでは数の利を活かし切れません」

「そうだな。よし、ひとまず撤退だ！」

そうしてダンジョンの外にまで退避したところで、騎士隊長は神妙な面持ちで告げる。

「恐らくマンティコアは、この謎のダンジョンの中にいると思われる。正直、状況としては、さらに悪化したと言わざるを得ないだろう。ダンジョン内の魔物を喰らうことで、あのマンティコアがさらに成長していく可能性があるからだ」

ダンジョンと特殊個体のマンティコア。

二つの脅威に対応せざるを得なくなり、頭を抱えたくなる騎士隊長だった。

と、そこで彼はあることに気がつく。

「……ん？　ちょっと待て。勇者たちはどこに行ったんだ？」

なぜか勇者たちの姿がどこにもなかったのである。


――その勇者たちはというと、騎士たちがダンジョンから撤退していく中、それに逆行するように、こっそりダンジョンの奥へと向かっていた。

「このダンジョン、間違いなく丸くんのダンジョンだと思います！」

「ああ！　今頃《いまごろ》、マンティコアに襲われている頃かもしれない！　急ごう！」

もしこれがクラスメイトの作ったダンジョンだとすれば、マンティコアの脅威に晒《さら》されている可能性が高い。

クラスメイト思いの彼らは、自分たちの身の危険も顧みず、懸命に走った。

そうして走り続けること、数十分。幸いほとんど一本道だったため、一切《いっさい》迷うこともなく広い部屋へと辿《たど》り着いていた。

そこで彼らが目撃したのは——

「何だ、誰かと思ったらお前たちか」

「丸くん⁉　無事だったんですね⁉　って……」

——平然とした様子の穴井丸夫《まるお》と、あちこちに穴が空いて倒れ込んだマンティコアの巨体だった。

「「マンティコアが死んでるうううううううう⁉」」

◇　◇　◇

マンティコアを倒した直後のことだった。

『警告。ダンジョン内に侵入生物です』

「またか」

システムの警告を受けてマップを確認してみた俺は、侵入者を示す赤い点の多さに驚いた。

「おいおい、五十人くらいいるぞ」

しかもそのうちの四つが、こちらに向かってきている。

一直線のルートとはいえ、結構なペースだ。すぐにこの場所に辿り着くだろう。

幸いマンティコアと戦うため、ちょうど戦力を集めていたところである。

この場で侵入者たちを迎え撃とうと覚悟を決めたのだが……。

「何だ、誰かと思ったらお前たちか」

「丸くん⁉　無事だったんですね⁉」

現れたのは天野たち勇者パーティだった。

とりあえず部屋の端の方に放置していたマンティコアの死体を見て、彼らは一斉に叫んだ。


「「「マンティコアが死んでるうううううううう⁉」」」


「え？　ああ、実はちょうどさっき倒したところなんだ」

「倒した⁉　このマンティコアをですか⁉　危険度Bの魔物ですよ⁉」

「危険度B？　道理でちょっと強いと思った」

「〝ちょっと〟ですか⁉」

「いや、もちろん俺一人で倒したわけじゃないぞ？　みんなで協力して倒したんだ。それよりどうしたんだ？　なんか随分と慌てていたようだが……」

詳しく聞いてみると。

どうやら俺が倒したこのマンティコア、他の魔物を積極的に喰らい、成長していく特殊個体だったらしい。

その討伐のために、五十人規模の騎士部隊が出動し、天野たちもそれに加わっていたそうだ。

だがそのマンティコアを捜してもなかなか見つからない。

一体どこに行ったのかと首を傾げる騎士たちが発見したのが、このダンジョンの入り口と、その近くにあるマンティコアのものと思われる足跡だったという。

「ダンジョンがあまりにも直線的に伸びていたので、きっと丸くんのダンジョンに違いないと思ったんです」

「もしかしたらマンティコアに襲われているかもしれない！　それでオレたちは急いでここまで走ってきたんだ！」

「まさか倒してるとか、あなりんマジ最強じゃん」

それで慌てた様子だったんだな。

美里が安堵したように息を吐いて、

「ええと……無事が分かったので、私たちはすぐに戻りますね？」

どうやら何も言わずに、勝手に部隊を離れてここまで来てしまったらしい。

いきなり勇者たちが消えてしまうなんて、今頃は大騒ぎになっている可能性があった。

下手をしたらまたこのダンジョンに、その騎士たちが入ってくるかもしれない。

「あ、さっきの入り口は閉鎖しておいた方がいいと思います。予想外にダンジョンを発見したので、私たちが無事に戻りさえすれば、すぐに探索したりはしないでしょうから」

「分かった。そうするよ」

そうして天野たちは来た道を引き返していく。

その後、ダンジョンから侵入者がいなくなったのを見計らって、俺は美里《みさと》の提案通り、その入り口を閉鎖したのだった。

EPILOGUE ⋮ エピローグ

「ダンジョンの入り口が無くなってしまった……?」

マンティコア討伐のために出動した精鋭部隊。

その部隊を率いた騎士隊長の報告を受け、首を傾《かし》げているのは王女セレスティアである。

「は、はい。足跡の様子からして、マンティコアはそのダンジョンに入ったことは間違いありません。しかし、ダンジョン探索用の装備を整え、改めてそのダンジョンを調査しようとしたところ、その入り口が忽然《こつぜん》と消えていたのです」

「ダンジョンは内部の構造が変化することはあっても、入り口が現れたり消えたりすることはありません。場所を間違えてしまったのでは?」

「い、いいえ、入り口の近くに斥候を置き、常に見張らせておりました。ですので、場所が分からなくなってしまった可能性はないと断言できます」

ただし、マンティコアが出てくる危険性があったため、見張りはダンジョンの入り口からは少し離れた位置にいた。

それもあって、入り口が消えた瞬間を確認することはできなかったのである。

「現在さらに調査を進めているところなのですが……実は、とある商人たちから気になる情報を得まして」

「それは？」

「彼らもダンジョンらしき洞窟を発見し、そこで見たことのない魔物に遭遇した、と。しかしその後、改めてその入り口を探したにもかかわらず、一向に見つけることができなかったというのです」

「……まったく同じ話ですね」

あまりにも似通った二つの出来事。

場所は異なるものの、関連がないとは思えなかった。もしかしたら同じダンジョンなのかもしれない。

「一体どういうことでしょうか……。本当にダンジョンだったとして、出入り口が現れたり消えたりするのだとしたら……しかも距離を考えると、かなりの規模ということに……」

下手をすればマンティコアを遥《はる》かに凌駕《りょうが》する脅威になり得るかもしれないと、警戒を強めるセレスティアだった。

おまけ短編 ∴ ダンジョンの日常

えっと、私はシーナっていいます。

正確な年齢は分からないけれど、たぶん十一歳の女の子です。

奴隷商の元から逃げ出した私を含む五人の子供たちは、色々あって勇者であるマルオさんが作ったダンジョンで暮らすことになりました。

ダンジョンというと、凶悪な魔物と危険なトラップで満ちた恐ろしい場所、とばかり思っていましたが、マルオさんのこのダンジョンはそんなイメージとは真逆のものでした。

モフモフで可愛い魔物たちに、楽しく遊べるトラップ。美味《おい》しい食べ物がいくらでも手に入る畑や果樹園もあります。

毎日お風呂《ふろ》に入ることができますし、寝るときも気持ちのいいフカフカのベッドです。

夢のような生活です。

そんな私の毎日は、朝、部屋がゆっくりと明るくなっていくところから始まります。

地面の中なので、本来なら朝か夜か分からないはずなのですが、不思議なことに朝になるとダンジョンの中が明るくなり、夜になると暗くなるのです。

「迷宮構築の『光源』を使うと、時間によって明暗を変えることができるんだよ」

とはマルオさんの説明ですが、残念ながら私には何のことかさっぱり分かりません。

ともあれ、そのお陰で朝からすっきりと目覚めることができます。

「おはようございます、ミルカちゃん」

「ん……あと五分……」

「そう言って、いつも十分くらい寝てますよね？」

小窓から顔を出し、隣の個室のミルカちゃんに声をかけます。ミルカちゃんは金髪碧眼《きんぱつへきがん》の、びっくりするくらい顔立ちの整った女の子です。

実は五人全員に個室があって、すべての部屋が小窓で繋《つな》がっているのですが、私は端っこなので、お隣はミルカちゃんだけです。

ほとんど寝るだけなのに結構な広さがあるのですが、なんとこれ、私たちが自分で掘ったのです！

自分たちで掘るようにと言われたときは、どれくらいかかるんだろう……と不安になったのですが、びっくりするほど簡単に作ることができてしまいました。これもマルオさんのダンジョンの持つ不思議な力のお陰なのでしょうか？

私は個室から出てリビングへ。キッチンの水道で顔を洗い、トイレも済ませます。

しばらく待っていると、他のみんなも目を覚まして集まってきました。

大抵は私が一番乗りです。次は朝から元気いっぱいなリッカちゃんのことが多く、それから唯一の男の子のノエルくん、小柄なマインちゃんと続きます。

「ほら、ミルカちゃん、早く起きてください」

「うーん……」

お寝坊さんのミルカちゃんはだいたい最後です。いつも私が無理やりベッドから引きずり出して、ようやく眠そうな目をこすりながらフラフラとリビングに出てきます。

ちなみにアズお姉ちゃんは、もっとお寝坊さんで、お昼ぐらいまで寝ています。マルオさんが何度も起こそうと試みていましたが、まったく起きる気配がないので、最近は諦《あきら》めたみたいで放置しているようです。

そのマルオさんは私たちよりも早起きで、いつもこの時間にはすでにお仕事を始められています。私たちにはそんなマルオさんのために、朝食を作る役割があります。

ちなみに私たちの中で一番料理が上手なのが、黒一点のノエルくんです。普段は引っ込み思案なノエルくんですが、料理のときになるとテキパキとみんなに指示を出してくれます。

「お米、炊けたよ！」

「スープも良い感じ」

「お魚も焼けました！」

朝はいつもお米です。このダンジョンに来るまで存在すら知らなかったのですが、白い粒のようなものをお水で煮込むことで、すっごく美味しくなるのです。

うん、とっても良いにおい！

ちょうどご飯ができたところで、マルオさんがリビングに戻ってきます。

「ご飯できてます！」

「ありがとう。今日も美味《うま》そうだな」

私たちもマルオさんと一緒に同じ食事を食べます。リッカちゃんがすでに涎《よだれ》を垂らしていますが、勝手に食べ始めてはいけません。みんなで手を合わせて、

「「「いただきま～～す」」」

と、声を合わせて言うのです。マルオさんがこの世界に来る前にいた世界では、これが食事のときのマナーだったそうです。

「「「ん～～～～っ、美味しい～～～～っ！」」」

奴隷商にいた頃とは比べ物にもならないほど美味しくて、口に入れた瞬間に全身を幸せが包み込みます。

私たちの料理の腕のお陰……ではありません。

料理にこのダンジョンで採れた作物を使っているのですが、それが信じられないくらい美味しいからなのです。しかもお腹いっぱい食べることができます。

「「「ごちそうさまでした！」」」

最後はみんなでそう口にして、朝食の時間はおしまいです。

それから少し休憩してから、私たちは収穫作業に励みます。

「わっ、今日はトマトがたくさんできてるよ！　リッカ、トマト大好き！」

「この辺はピーマンね」

「ぴ、ピーマンはちょっと苦手……」

畑にできる野菜は、毎回種類が違います。同じ場所でも、全然違う野菜が生えてくるのです。リッカちゃんは苦みの強いピーマンが苦手で、料理に使うと、いつも自分のピーマンを他の人の皿にこっそり入れてきます。

実は私もちょっと苦手なんですけど、自分の分だけは頑張って食べています。だから私のお皿には入れないでほしいです……。

果樹園の果物も同じように色んな種類ができます。

果物自体がすごく高級品ですし、今まで食べたことないのはもちろん、見たことや聞いたことすらないような果物もたくさんありました。

「っ！　メロンですっ！」

中でも私が一番好きなのがメロンです。この日は久しぶりにメロンが木にぶら下がっているのを発見して、テンションが上がってしまいました。

養殖場ではお魚が獲《と》れます。ここも色んなお魚が勝手に湧《わ》いてくるので、眺めているだけで楽しいです。

「獲ってくる」

そう勇ましく告げ、水の中に飛び込んでいくのはミルカちゃん。

ミルカちゃんは見かけによらず、泳ぐのがすごく得意です。おまけにモリ突きも上手で、水の中を元気に泳ぎ回る魚を簡単に仕留めてきます。

……実は一度私もやってみたのだけれど、何度やっても一匹も獲れませんでした。

ミルカちゃんのようにモリ突きができない私たちは、釣竿を使います。マルオさんに教えてもらったのですが、糸で竿と繋いだ餌付きの針を垂らし、それを魚が食べたところを釣り上げるというやり方です。ちなみに餌は魚肉を使います。

「釣れた！　えっと……これはメバルかな……？」

「私も連れました！　タイです！」

「リッカも！　……って、エビ？」

ここのお魚さんたちは食いつきが良いみたいで、数分に一匹くらいのペースで釣れちゃいます。釣りって、結構楽しいですね。

「何であたしだけ釣れないのよ⁉」

ただ、なぜかマインちゃんが垂らした糸だけは、いつも何の反応もありません。そのせいで機嫌が悪くなっちゃうのが悩みどころです。

無理に釣りをしなくてもいいって言ったんだけど、負けず嫌いなマインちゃんは、それもまた嫌みたいで……。

そしてつい最近、新しく畜産場もできました。そこではお肉や卵、それに牛乳なんかが手に入ります。

「今日は牛肉にしようよ！」

「じゃあ牛さんですね」

もちろん大きな牛を私たちだけで殺して、解体するのは難しいです。

なのでイエティたちに手伝ってもらいます。

イエティは雪猿の魔物です。モフモフした毛に覆《おお》われていて、丸々とした身体が可愛《かわい》らしいですが、すごく強い魔物だそうです。

「うほうほ」

でも私たちには優しくて、よく一緒に遊んでくれます。

そんなイエティが、牛の足を縛って吊《つる》し上げ、刃物で喉《のど》を切って失血死させてくれます。

私たちは牛に「ごめんなさい」と言いつつ、その皮を剝《は》いで内臓を取り出し、それから解体して肉を切り分けていきました。

こうして朝のお仕事を終えると、今度はお昼ご飯の準備です。

ところで先ほど、一番料理が上手《うま》いのはノエルくんだと言いましたが、逆に一番下手なのがマインちゃんです。

……というか、マインちゃんはちょっと不器用な子みたいで、何でも苦手です。一方、色んなことを何でも器用にこなしていくのがミルカちゃんで（朝は苦手ですけど）、料理もどんどん上達してきています。

この時間帯になると、ようやくアズお姉ちゃんが起きてきます。

「ふわぁ、よく寝たわ。今日の朝食は？」

「昼食です」

「あたしにとっては朝食なのよ」

何のお仕事もしていないお姉ちゃんですが、昼食は誰《だれ》よりも一番多く食べます。そうしてお腹《なか》いっぱいになると、今度はリビングのソファに寝っ転がってお昼寝です。あんなに寝てたのに……。

マルオさんがいつも「こんな大人にはなるなよ」と言っていますが、本当にお姉ちゃんみたいにはなりたくないないなと思います。

そして最近、新しくエミリアお姉ちゃんがやってきました。

品の良さそうな人だったので最初は期待していたのですが、残念ながらアズお姉ちゃんと完全に同類でした。

「はあ？　あたしがこんなやつと同類？　聞き捨てられないわね！」

「あら、それはあたくしの台詞《せりふ》ですわ？　こんな頭の悪そうな女と、どこが同類だっていうんですの？」

「まったく働かないところです」

「「……」」

お昼ご飯が終わると、私たちもしばらく休憩です。

といっても、みんな元気が有り余っているのか、大抵はトランポリンやアスレチックなどで遊びます。

モフモフの魔物たちと追いかけっこをしたりもします。

そうして遊び疲れた後は、気持ちのいいモフモフに囲まれて少しお昼寝をしてから、今度はシャベルを手にして午後のお仕事です。

「穴掘りタイムだ〜〜っ！」

と、穴掘りが好きなリッカちゃんが元気よく叫んでいます。

この生活拠点となっている場所は、今のところ三つの階層でできているのですが、私たちはそのさらに地下に、新しい階層を作っています。エナガルーダという鳥さんの魔物をお供に、みんなでザクザクと掘っていきます。

自分でもびっくりするほど簡単に土を掘り進めることができるのですが、これでもマルオさんと比べると全然です。

マルオさんなんて、もはや手も触れずに掘っていっちゃいますし……一体どうやって掘ってるんでしょうか……？

穴掘りのお仕事が終わると、今度は夕食作りです。

この日は朝に解体した牛のお肉を使って、「スキヤキ」にしました。マルオさんに教えてもらった料理なのですが、みんなこれが大好きで、今日は何にしようかと迷ったときは大抵スキヤキになります。

お肉や野菜を、畜産場でとれた卵と絡《から》めて食べれば、

「「「ん〜〜〜〜〜っ、美味しいいいいいいいいいいいいいいっ!!」」」

ほっぺたが落ちそうなくらいの美味しさです。しかもこの日は、デザートに私の大好物であるメロンまでありました。

「はう……こんなに幸せでいいんでしょうか……」

メロンを口に入れながら、思わずそう呟《つぶや》いてしまいます。

夕食が終わると、後は完全に自由時間です。寝る時間まで、各々が好きに遊んだりくつろいだりするのです。

……アズお姉ちゃんとエミリアお姉ちゃんは、ず～～っと好き勝手に過ごしてますけど。

「ちょっ、角はダメええええっ！　別のところにしてええええっ！」

「あら、じゃあこっちにしちゃおうかしら？」

「そっちもいっぱい取られちゃうじゃないの⁉」

今日は〝マカイ〟で流行《はや》っていたという、謎《なぞ》のゲームをしています。赤い石と青い石を順番に四角い板の上に置いていって、自分の色の石で挟み込むと、相手の石の色を自分の色に変えることができるというルールみたいです。

アズお姉ちゃんの方が圧倒的に弱いみたいで、何度もエミリアお姉ちゃんに挑んでは負け、その度に喚《わめ》き散らしています。

「ああああああああっ！」

「うふふ、あたくしの勝ちですわね」

今もまた負けてしまったみたいで、アズお姉ちゃんは怒りに任せて拳《こぶし》を板に叩《たた》きつけ、破壊してしまいました。

「こんなボードゲームじゃつまらないわ！　普通に勝負よ！」

「あらあら？　頭の悪いあなたには難しかったようですわね？」

「ぶち殺す……っ！」

あ～あ、また喧嘩《けんか》を始めちゃいました……仲が良いのか、悪いのか……。

リビングで魔法を撃ち合い出してしまったので、私たちは慌てて個室に退避します。しばらくすると、マルオさんの声が聞こえてきました。

「お前ら、ここで喧嘩するなって言ってるだろ。するなら下層の空いてる場所にいけ」

「「んぎゃあああああああああああああっ⁉」」

そして罰を受けて絶叫する二人です。今まで何度も同じ光景を見てきました。そろそろ学習してほしいところです。

「ふあぁ……そろそろ寝る時間ですね」

やっぱりあんな大人にはなりたくないなぁと思いながら、私はフカフカのベッドで眠りにつくのでした。

おまけ短編 ◆◆◆ 秘書の驚嘆《きょうたん》

私の名はメレン。

【暗殺者】のジョブを有する私ですが、今はとある商会の従業員をしています。

元々はこのジョブを活かして、実際に暗殺の仕事を請け負っていました。当時は界隈《かいわい》でそれなりに名の知れた存在だったと自負しています。

けれどあるとき仕事に失敗し、犯罪奴隷となりました。

犯罪奴隷の多くは、死ぬまで過酷な強制労働を科せられ、その大半が五年も生きることができないと言われているほどです。

唯一、救われる可能性があるとしたら、温和なご主人様に買われること。

当然それには相当な大金が必要で、その恩恵に与れる人間はごく一握りです。

そんな私の前に現れたのが、キンノスケ様でした。

キンノスケ様は、私を一目見るなり、買いたいと言われました。

そして信じられないことに、本当に大金を叩《はた》いて私を買い取ってくださったのです。

「なぜ私を？」

「拙者の商売人としての勘が、貴殿を買うべきだと主張してきたのでござる」

「……なるほど」

自信満々に豪語するキンノスケ様の妙な説得力に、そのときの私は、きっと著名な商人に違いないと確信しました。

ええ、まさかまだ何の商売も始めていないとは、思ってもみませんでした……。

なんなら、どんな商売をしていくかも決めていないようでした。

こいつ大丈夫かよ……と思いはしましたが、買われた身では逃げることもできません。

厳しい魔法契約が結ばれているため、もし逃げようものなら、命が奪われる危険性があるのです。

ましてやぶち殺すのもゲフンゲフン。

それにしても、一体どこに私を買う資金があったのでしょうか。

見た目の割に年齢も低いようですし、貴族のボンボンなのかと思っていると、彼は異世界から召喚されてきた勇者だったのです。

しかも【商王】のジョブを持ち、そのため王宮から出資を受けていたそうです。

道理でお金があるわけです。

もっとも、私を買うのにその大部分を使ってしまったようですが……。

……本当に〝勘〟とやらがあてになるのか……正直、不安しかないです。

そんなある日のこと。

偶然にも私は、キンノスケ様のご友人である勇者様に出会いました。

「(勇者というにはあまり強くはなさそうですね。まぁキンノスケ様のように、非戦闘系のジョブなのでしょう)」

昔の経験から、ついそんな分析をしてしまう私です。

相手の強さがどの程度か、見ただけで大よそ分かってしまうのです。

ですが彼に連れられ、キンノスケ様と一緒にダンジョンに足を踏み入れた瞬間でした。

「(〜〜〜〜っ⁉　こ、この凄《すさ》まじい威圧感は……っ？　ダンジョンのせい……？)」

急に全身が総毛立つような感覚に襲われ、私は慌てて周囲を見回します。

凶悪なダンジョンに立ち入ったときや、恐ろしい魔物に遭遇したときには、確かにこうしたプレッシャーを覚えることがあります。

けれど威圧感の正体を探っていくと、それがすぐ目の前の、特定の箇所から発せられていることが分かってきました。

「(まさか……マルオ様から……？)」

少し近づいてみると、その感覚が急激に増していきました。

全身の汗が止まらず、身体が震え出すのが分かりました。

間違いありません。明らかにマルオ様が原因です。

「(でも、なぜ急に……？　まさか、ダンジョンの中に入ったから……？)」

キンノスケ様の護衛のつもりで付いてきましたが、もしマルオ様がその気になったなら、果たして守り切れるものか……。

幸いにもその不安は杞憂《きゆう》に終わってくれましたが、勇者様というだけあって、どうやらこの方、只者《ただもの》ではないようです。

その後、本当にこのダンジョン内に畑や果樹園があって、信じられないほど美味しい野菜や果物がいくらでも収穫できることが確認できました。

こんな農作物が採れるダンジョンなんて、聞いたことないんですが……。

さらにこのダンジョンには、可愛らしいモフモフの魔物たちが多数棲息《せいそく》していることが分かりました。

「(めちゃくちゃ可愛《かわい》いんですけどおおおおおおおおおおっ！)」

もし外に持ち出せるなら、こっそり連れて帰ってペットにしているところでしたね。

そうしてマルオ様のダンジョンから仕入れた食材を、商会で独占的に販売することになりました。

しかも強気のキンノスケ様は、いきなり高級店をターゲットに売り込みを始めます。

「価値あるものを決して安売りしてはいけないでござるよ」

とは、キンノスケ様の言葉です。一瞬すごく含蓄がありそうな気がしましたが、よく考えたらまだ何も売ったことがないはず……。

しかしこれが大当たりでした。

そもそも実績が乏しくても、王宮のお墨付きがあるため営業は容易。そして実際に食材を口にしてもらえれば断られる方がおかしいわけで、あっという間に契約が決まっていったのです。

さらに口コミが広がっていけば、営業をしなくても向こうから注文が殺到するようになりました。

強気の値段設定にもかかわらず秒で売れていくので、もし安値で売っていたらどうなっていたことか……。

キンノスケ様の先見の鋭さには驚かされました。もちろん一番の驚きはマルオ様とそのダンジョンですが。

後日、私はキンノスケ様の付き添いで、再びマルオ様のダンジョンを訪れたのですが、

「本当に何なのですか、このダンジョンは……」

思わずそんな言葉を呟《つぶや》いてしまいます。

というのも、なんと牛や豚といった家畜までも生産できるようになっていたのです。

しかもその肉が信じられないほど美味しい。

これは間違いなく売れると、キンノスケ様はすぐに買取りを懇願されました。

「卵や牛乳も欲しいでござるよ」

「ああ、もちろんいいぞ」

マルオ様は相変わらず二つ返事です。どの作物もほとんど無限に生産できるというのですから、即諾するのも当然かもしれません。

もしかするとこのダンジョンが成長していけば、いずれ世界中の食糧事情を解決できるようになるのではないでしょうか……？

ただ今回、この家畜のこと以上に驚いたことがありました。

「なんかめちゃくちゃ強そうな魔物がいるのですが……？」

見た目は相変わらずモフモフしていて可愛らしいのですが、私には分かります。

あれは並の魔物ではありません。

「うほうほ」

そんな鳴き声を発しているので、ゴリラの魔物しょうか？

以前はいなかったので、この短い期間に新しく作った魔物なのでしょう。

「マルオ様、この大きな魔物は……？」

「え？　ああ、こいつはボスイエティだ。イエティの上位種だな。作った魔物を強化できて、こんなふうに進化させられるんだ。イエティの上位種はこの一体だけだが、他の魔物の上位種は結構作ってあるぞ」

「そ、そうなんですか……」

確かにこの魔物以外にも、他に気になる魔物が何体かいました。

前に見た魔物たちがそのまま巨大化した様子なので、恐らく上位種なのでしょう。

「そうだ。金ちゃん、このイエティたち、収穫や運搬作業に使ってくれていいぞ。力も強いし、頭が良いからすごく役立つはずだ」

「え、良いのでござるか？」

「ああ。もう戦力的には十分すぎるくらいいるからな」

上位種ではないイエティも、見た感じオークなどよりよほど強そうです。

それをただの労働力に使うとは……。

このダンジョン、もしかしてすでに途轍《とてつ》もない戦力を有しているのでは……？

あとがき

こんにちは。作者の九頭七尾《くずしちお》です。

ノベルとしてはGAさんから久しぶりの出版となりました。調べてみると2020年の8月以来なので、ちょうど3年前ぶりのようです。

もうあれから3年も経ったのか……早すぎひん……？

その間に引っ越したり結婚したりと私生活面が大きく変わりましたが、執筆の方は以前と変わらず頑張っていこうと思います。

なお、コミックの方では『転生担当女神が100人いたのでチートスキル100個貰えた』という作品がGAコミックさんにて連載中！　現在3巻まで発売中です！（唐突な宣伝）

さて本作はそのタイトル通り、外れ勇者と認定されてしまった主人公が、本人が意図しないうちに最強のダンジョンを造っちゃう話です。

次巻以降さらにダンジョンが拡大し、話の規模も広がっていく予定です。

そしてダンジョンで暮らすことになった、五人の女の子（うち一名男の娘）たちの秘密も明らかに……？

もちろん可愛いモフモフたちもどんどん増えていきますよ！

それでは謝辞です。

ＷＥＢ版から応援していただいている読者の皆様、お陰様でこうして書籍になりました。ありがとうございます。

イラストを担当してくださったふらすこ先生、文字の向こうにしか存在しなかったキャラクターたちを素敵なデザインでイラスト化していただき、大変ありがとうございました。しかも今回、従魔のモフモフたちも含め、かなり多くのキャラをお願いしてしまいまして……本当に本当に感謝です！

そして担当編集さんをはじめ、本作の出版に当たってご尽力くださった関係者の皆様、お世話になりました。今後ともよろしくお願いします。

最後になりましたが、本作を手に取っていただいた皆様に心からの感謝を。

また次巻でお会いできれば嬉しいです。ありがとうございました。

九頭七尾

GAノベル

外れ勇者だった俺が、世界最強のダンジョンを造ってしまったんだが？

2023年10月31日　初版第一刷発行

著者　九頭七尾

発行人　小川 淳

発行所　SBクリエイティブ株式会社
〒106-0032　東京都港区六本木2-4-5
03-5549-1201　03-5549-1167（編集）

装丁　AFTERGLOW

印刷・製本　中央精版印刷株式会社

ISBN978-4-8156-2177-3
Printed in Japan

ファンレター、作品のご感想をお待ちしております。

〒106-0032　東京都港区六本木 2-4-5
SBクリエイティブ株式会社
GA文庫編集部 気付

「九頭七尾先生」係
「ふらすこ先生」係

本書に関するご意見・ご感想は
下のQRコードよりお寄せください。
※アクセスの際に発生する通信費等はご負担ください。

https://ga.sbcr.jp/

試読版は
こちら!

試読版は
こちら!

試読版は
こちら!

試読版は
こちら!

ダンジョンに出会いを求めるのは間違っているだろうか　ファミリアクロニクルepisodeリュー2

著：大森藤ノ　画：ニリツ

GA文庫

それは神の眷族が紡ぐ歴史の欠片《クロニクル》――。

「会いに行きます……アストレア様」　迷宮都市がヘスティアvsフレイヤの『戦争遊戯《ウォーゲーム》』の準備に沸く中、リューはひとり、都市を発った。向かうは遥か東、剣製都市《ゾーリンゲン》。その地で待つ女神に会うため、力を求めるため、そして自らの時計を前に進めるため、五年分の決意を秘めて再会に臨むリューだったが――

「貴方のこと、絶対認めないんだから!!」　正義の女神を慕う『後輩』達と衝突してしまう。更にアストレアにも帰還を許されず、剣製都市への滞在を言い渡され……。

「リュー、貴方の答えを聞かせて？」

今一度、正義を試されるクロニクル・シリーズ第三弾！

第16回
GA文庫大賞
GA文庫では10代～20代のライトノベル読者に向けた
魅力溢れるエンターテインメント作品を募集します！
物語が、華ひらく。
イラスト／風花風花
大賞賞金300万円＋コミカライズ確約！
◆募集内容◆
広義のエンターテインメント小説（ファンタジー、ラブコメ、学園など）で、日本語で書かれた未発表のオリジナル作品を募集します。希望者全員に評価シートを送付します。
※入賞作は当社にて刊行いたします　詳しくは募集要項をご確認下さい
リニューアルで選考課程を一新!!!
応募の詳細はGA文庫公式ホームページにて
https://ga.sbcr.jp/